여우별 분식집

여우별 분식집

펴 낸 날   2023년 12월 26일 초판 1쇄

지 은 이   이준호
펴 낸 이   박지민, 박종천
책임편집   민영신
편   집   김정웅, 이경미
책임미술   롬디
마 케 팅   박지환

펴 낸 곳   모모북스
            서울특별시 동대문구 왕산로81, 203-1호(두산베어스 타워)
            전화 010-5297-8303   팩스 02-6013-8303
            등록번호 2019년 03월 21일 제2019-000010호
            e-mail pj1419@naver.com

ⓒ 이준호, 2023
ISBN 979-11-90408-48-6 03810

여우별 분식집

이준호 지음

모모
북스

여우별 분식집

1

교복을 입은 세 명의 여학생이 왁자지껄 떠들며 골목을 향해 걸어갔다. 그들 앞에 길게 펼쳐진 골목은, 양옆으로 다양한 가게들이 즐비한 상점가다. 골목 초입 한가운데에 있는 크고 높은 단풍나무를 지나 더욱 깊숙이 들어갔다. 저 멀리 밖으로 나온 전철이 덜컹덜컹 소리를 내며 바람을 맞다가 다시 땅 아래로 숨어버렸다.

학생들이 연신 까르르 웃으며 어느 가게 앞에 섰다. 그들이 선 곳은 떡볶이와 튀김을 파는 분식집 '여우별'. 유리문을 열자 좁은 가게 안이 나타났다. 저 앞에 겨우 3개의 테이블이 따닥따닥 붙은 채 손님을 기다렸다. 학생들이 바로 옆 네모난 조리실을 지나 평소 자주 앉는 테이블로 자연스레 향했다. 테이블을 옆으로 살짝 떼어 놓은 뒤 자리에 앉은 그들은, 마치 달리기 시합을 하고 있는 것처럼 자신들이 가장 먼저 왔음에 기뻐하며 큰 소리로 떠들었다.

학교에서 있었던 일들로 한창 이야기꽃을 피울 무렵, 가게 문이 스르륵 다시 열렸다. 이번에는 손님이 아니었다. 시커먼 수염 자국이 구레나룻부터 턱까지 짙게 있는 가게 주인 제호다. 그가 손에 묻은 물을 앞치마에 닦으며 안으로 들어왔다. 원래 그는 화장실을 가거나 밖을 서성일 때면 문을 잠그지 않는 편이다. 그것은 이미 와 앉아 있는 단골 학생들도 잘 알고 있었다. 평소에도 그들은 주인 없는 텅 빈 가게에 마음대로 들어와 정수기에서 물을 뜨고 수다를 떨며 제호가 오기를 마냥 기다렸다. 어차피 이곳은 그들에게 아지트 같은 곳이었다.

"안녕하세요."

여학생들이 제호를 향해 손을 흔들며 반갑게 인사했다. 제호는 무표정한 얼굴로 고개만 살짝 끄덕이더니, 몸을 돌려 바로 옆에 위치한 조리실 안으로 들어갔다. 그곳엔 철판 떡볶이 팬이 창문 아래에 있고, 그 옆에 설거지를 할 수 있는 싱크대가 있으며 벽 앞에 튀김 조리대가 조그맣게 있다. 방금 제호가 지나온 방향으론 어묵 기계와 계산대가 나란히 자리했다.

제호가 의자에 철퍼덕 앉았다. 그는 주문 받을 생각은 하지 않고 창문 쪽으로 고개를 쭉 내밀어 멍하니 밖을 봤다. 선선한 바람이 뺨에 와 닿았다. 그렇게 가을의 시작을 느꼈다. 하지만 아름다운 풍경과 날씨에 특별한 감정을 느끼진 않았다. 그럼에도 여전히 날씨의 변화에 주의를 기울이는 것은, 아무런 감정 없이 반복하는 그저 오래된 습관일 뿐이다. 그리고 창문은 포장 손님을 맞이하기 위해 하루 종일 열어 둔다.

"떡볶이 3인분이요."

높은 톤의 목소리가 귀에 닿았다. 제호는 귀찮다는 듯 대답도 않고 귓불을 살짝 만지며 가볍게 인상을 썼다. 이미 양념이 배어 있는 떡을 주걱으로 휘저으며 더욱 벌겋게 만들었다. 떡볶이를 떠 초록 접시에 담고 마지막으로 계란을 위에 얹었다. 그렇게 한 번 더 한 뒤, 두 개의 접시를 양손에 들고 테이블로 터덜터덜 걸어갔다. 한창 수다에 열중이던 학생들은 김이 모락모락 나는 접시를 보며 한껏 들떠 환하게 웃었다.

"왔다. 왔다."

제호가 테이블 위에 접시를 탁 내려두고 다시 자기 자리로 몸을 돌렸다. 제호의 뒤통수에 대고 감사합니다라고 소리친 학생들이 떡볶이를 호호 불며 입에 넣었다. 한동안 뜨거움에 정신을 못 차리던 학생들이 떡볶이를 삼키고는 비평을 쏟아냈다.

"맛있다."

"맛있다고? 왜 이렇게 관대해? 난 그냥 그런데. 넌 어때?"

"나도 별로야. 원래 여기 맛없어."

"쉿, 조용히 말해."

제자리로 걸어가던 제호의 귀에 그들의 속닥이는 소리가 들렸다. 도대체 맛이 없다면서 왜 매일 출근 도장을 찍는 건지 이해할 수가 없었다. 어차피 맛에 대단한 신경을 쓰는 편이 아니었기에 매출에 도움만 됐으면 상관없다는 생각으로 비평을 무시했다. 사실 매출에도 큰 도움은 안 되었지만.

이후로 여학생 무리들이 연달아 들어와 나머지 두 테이블을 채웠다. 세 명씩인 두 그룹은 약속이나 한 듯이 떡볶이 2인분에 튀김 3개를 시켰다. 먼저 온 순서대로 서빙을 하며 자리로 돌아오는데 두 번 다 불쾌한 소리가 귀에 들어왔다.

"저 아저씨 왜 저렇게 어두워?"

"원래 저래. 신경 쓰지 마."

그래, 신경 쓰지 마라. 제호는 속으로 그렇게 말하며 가게를 빠져나왔다. 안에만 있는 것이 무척 답답했다. 특히 이 시간이면 더욱 힘들었다. 매일 오후 4시 즈음이 되면 수업이 끝난 여중생들이 가게를 점거했고 그들의 끊임없는 수다로 가게 안은 시끄러웠다. 그럴 때면 제호는 정신이 하나도 없었다. 매번 밖으로 나와 주변을 맴돌거나 건물 옥상으로 가 시간을 보냈다. 대부분 5시 전후로 식사를 마치기 때문에 그때 즈음 가게로 돌아왔다.

"끄악."

두 팔을 높이 들며 기지개를 켰다. 시원한 공기가 코 속으로 들어오는 것이 느껴졌다. 이제야 살 것 같다. 좁은 가게 안에만 있을 때면 마치 투명 인간이 된 기분이 들었다. 세상과 어울리지 못한 채 자신의 몸을 가린 투명 인간. 그러다 바깥공기를 온몸으로 맞이하는 순간, 세상 속에 함께 어울려 살고 있음을 깨달았다.

가게 문 옆에 칠판으로 된 입간판이 보였다. 거기에 적힌 운영 시간이 눈에 들어왔다. 문 여는 시간은 아침 10시 30분, 문 닫는 시간은 저녁 9시 30분. 하지만 그것을 정확히 지키는 날은 그리 많지 않았다. 아니, 거의 없었다.

문득, 딸 수미가 생각났다. 바지 주머니에서 휴대폰을 꺼내 사진첩을 열었다. 9살 된 수미가 해맑게 웃고 있었다. 자연스레 제호의 입가에 미소가 번졌다. 지금이면 무얼 하고 있을까. 집에 있을까. 아니면 친구들과 놀고 있을까. 얼마 전 휴대폰을 개통했다는 소식을 들었다. 내일모레면 다시 만난다. 그때 번호를 받은 뒤 지겹도록 전화를 걸 계획이다.

지이이이잉.

휴대폰이 지진이 난 듯 손 위에서 마구 흔들렸다. 휴대폰의 화면이 바뀌고 발신자의 이름이 나타났다. 진우였다. 하필 이런 순간에 전화가. 하지만 안 받을 수가 없었다. 수락 버튼을 눌렀다.

"여보세요."

"바빠?"

"아니. 앞으로 1시간 동안은 아무 일도 안 일어날 거야."

"아, 그 시간이구나."

진우가 피식 웃었다. 그도 분식집의 상황을 아주 잘 알고 있었다. 그가 진짜 사장이니까.

"왜 전화한 건데?"

"우리 분식집에도 아르바이트생 한 명 뽑아야 될 것 같아."

고등학교 동창이자 사장인 진우의 말에 제호가 움찔했다.

"아르바이트생? 갑자기?"

"응."

"너 정산 안 하냐?"

"바로 옆에 있는 국밥 가게 알지?"

제호가 고개를 돌려 국밥 가게를 봤다. 분식집과 같은 상가 건물에 나란히 자리한 음식점이다.

"거긴 왜?"

"곧 내놓을 건가 봐? 그래서 거기까지 확장을 좀 할까 싶어서."

"뭐? 매출이 이 모양인데 무슨 확장이야. 그리고 그게 네 마음대로 돼?"

"그건 내가 알아서 할 테니까 신경 안 써도 돼. 아무튼 아르바이트생 뽑기로 한 거다. 당분간은 일 배우는 기간으로 생각하자고."

"네 마음대로 해."

"구인 구직 사이트에 올리려고 했는데, 굳이 그럴 필요까진 없을 것 같아. 그냥 네가 창문에 A4용지 붙여줘. 알아서 찾아오겠지."

"완전 지 마음대로네."

"그럼 수고."

전화를 끊고 텅 빈 국밥집을 봤다. 가게 주인은 의자에 앉아 왼쪽 다리를 오른쪽 다리 위에 척 올린 채 TV만 보고 있었다. 제호는 저 모습이 미래의 자신일 것만 같았다. 아니, 지금도 점심시간과 학생들이 오는 시간 사이엔 대부분 저런 식으로 시간을 보냈다. 미래가 아닌 현재의 자신인 것이다.

상점가를 느릿느릿 한 바퀴 돌아 가게로 왔다. 얼마 뒤 학생들이 집과 학원을 가기 위해 우르르 빠져나갔다. 지저분한 테이블 위를 치우고 싱크대로 향했다. 넘쳐나는 설거짓거리를 보자 한숨이 절로 나왔다. '여우별'을 처음 열었을 때에도 그랬지만 요즘 들어 더욱 장사에 미련이 없는 상태다. 집중력과 의욕이 사라질 대로 사라진 그는 그 어떤 것도 손에 잡히지 않았다. 다시 가게를 빠져나와 건물 옥상으로 터덜터덜 올라갔다.

주머니에서 담배를 꺼내 입에 물고 불을 붙였다. 쭉 빨아들인 뒤 한숨과 함께 뱉었다. 그의 시선은 하늘로 향했다. 구름이 푸른 하늘 위를 자유롭게 떠다니고 있었다. 어릴 때부터 그랬다. 답답하거나 마음이 불편할 때면 고개를 들어 하늘을 봤다. 그러면 기분이 묘했다. 좋은 건지 아닌 건지 헷갈렸다. 그럼에도 푸른 하늘과 어딘가로 움직이는 구름을 봤다. 나이가 들수록 그 횟수가 잦아지고 있는 게 문제라면 문제지만.

"하, 담배 끊어야 되는데…."

중얼거리며 담배를 입에 갖다 댔다. 어차피 불가능하단 걸 누구보다 잘 알고 있었다. 그래서 절대 자신과 약속하지 않았다. 금연하겠다는 약속을. 그저 죄책감을 느끼며 매일 담배를 꺼냈다. 날씨가 이렇게 좋은데도 청승맞게 담배를 물고 있는 게 제호 자신도 마음에 들진 않았지만 그럼에도 끊을 수 없었다. 어쩌면 그에게 이 순간이 하루 중 여유를 느낄 수 있는 유일한 시간인지도 모른다.

언제나 그렇듯 옥상 난간에서 담배를 물자마자 다양한 생각들이 그의 머리를 스쳐 갔다. 정리되지 않은 고민과 걱정과 그리움이 대부분을 차지했다. 하지만 답을 찾을 수 없었다. 그나마 위안이라면, 평소 마음을 답답하게 만들었던 막연한 고민들이 담배 연기와 함께 하늘로 날아갔다는 점이다. 그것이 매일 옥상을 찾는 이유다. 그리고 언젠가 이 자리에서 그 해답을 얻을 수 있을 거라 그는 내심 믿었다.

몽당연필이 된 담배를 바닥에 휙 던지고 발로 뭉갰다. 느릿느릿 계단을 내려와 다시 가게 안으로 들어갔다. 더 이상의 손님은 없을 것이다. 매출의 상당수를 차지하는 것은 점심시간 주변 상인이나 직장인들의 포장 주문이었다. 테이블을 차지하고 앉아 있는 학생 손님들은 오히려 도움이 안 됐다. 정리하자면 '여우별'의 피크 시간이 지난 오후 5시부터는 손님이 거의 없다는 얘기다. 그렇게 자신을 설득하며 오늘 장사를 마치기로 했다. 매일 이런 설득에 아주 자연스럽게 넘어갔다.

앞치마를 벗고 대충 정리를 마친 뒤 가방을 메고 가게를 나와, 밖에 서 있는 칠판을 안으로 집어넣었다. 문을 잠그려 열쇠를 쥔 손을 위로 쭉 뻗는 순간 문득 떠올랐다. 진우의 지시가. 손을 내리고 다시 가게 안으로 터덜터덜 들어갔다. 조리대 아래에 있는 A4용지를 들고 계산대 앞에 섰다. 그곳에 있는 볼펜으로 대충 휘갈겼다. 진우가 말한 건 컴퓨터 문서 프로그램을 이용하라는 것이었고 그 사실을 잘 알고 있었지만 신경 쓰지 않았다. 유리문으로 가 A4용지를 안쪽에 붙인 뒤 다시 밖으로 나왔다. 문을 잠근 제호가 뒤도 돌아보지 않고 집으로 향했다.

유리문에 붙은 종이엔 '아르바이트생 구함.'이라고 삐뚤빼뚤 적혀 있었다.

2

제호가 의욕이라곤 전혀 안 보이는 축 처진 자세로 느릿느릿 걸었다. 골목 초입에 있는 오래된 단풍나무 앞에 잠시 멈췄다. 남들은 골목의 상징물이라며 좋아했지만 제호는 마음에 들지 않았다. 높고 큰 나무가 자신을 내려다보는 것 같아 기분이 언짢았기 때문이다. 그런 탓인지 술에 잔뜩 취해 가만히 있는 나무에 욕을 퍼붓기도 했다. 그때만 생각하면 얼굴이 화끈거린다.

평소처럼 일을 마치고 근처 순두부 가게에서 식사를 했을 때 일이다. 소주도 함께 곁들였는데 먹다 보니 과음이 되었다. 자리에서 일어나 문을 향해 가는 내내 몸을 가누지 못하고 다른 테이블들에 앉아 있는 손님들과 연신 부딪칠 정도였다. 가게를 빠져 나온 그는, 비틀거리면서 골목 입구를 향해 움직였다. 그래도 집에는 가고 싶은지 잔뜩 취한 상태에서도 골목 입구만큼은 잘도 찾았다.

다행히 새벽이 다 된 시간이라 사람은 별로 없었다. 이 골목엔 24시간 음식점이나 술집이 많지 않았다. 그게 아니었다면 분명 다른 이들과 몇 번은 부딪혔을 것이다. 그렇게 간신히 골목 입구에 도착했을 때, 그의 앞을 가로막는 것이 하나 있었다. 하늘 높이 솟아 있는 단풍나무였다. 평소 마음에 들지 않던 녀석이 기고만장한 자세로 앞을 가로막고 서 있으니 제호는 더욱 화가 났다. 한껏 인상을 쓴 채 나무를 올려다보던 그가 손가락질을 하며 고래고래 소리치기 시작했다.

"이 자식아 안 비켜? 어쭈? 계속 서 있네? 어디 한번 해보겠다는 거야?"

그렇게 10분 가까이 소리를 질러댔다. 대치 상태가 길어지자 조금씩 술이 깨기 시작했다. 그때였다. 누군가의 강렬한 시선을 본능적으로 느꼈다. 순간 온몸을 깁스로 칭칭 감은 것처럼 굳어 버렸다. 입을 굳게 다물고 고개를 옆으로 천천히 돌렸다. 그곳엔 젊은 남녀 두 사람이 서 있었다. 그들은 정 사장네 카페에서 근무하는 아르바이트생들로 근무 복장 그대로였다. 정 사장네 카페는 이 골목에서 연중무휴에 24시간 운영하는 몇 안 되는 가게다.

귓속말을 속닥이는 그들을 보는 순간 정신이 번쩍 들었다. 분명 정 사장에게 이 사실이 들어갈 것이고 상점가 확성기인 그가 이곳저곳에 소문을 낼 것이 분명했기 때문이다. 상황 파악을 끝내자마자 도망치듯 그 자리를 떠났다. 이후로 며칠간 전전긍긍했다. 하필이면 정 사장네 아르바이트생들이 보다니. 그러나 다행히 아무런 소문도 나지 않았다. 정 사장이 보기에 그 일은 소문 낼 수준은 아니었던 모양이다.

"벌써 퇴근하시나 봐요?"

한참 부끄러운 과거에 몸서리치고 있을 때, 낯익은 목소리가 들렸다. 고개를 돌리자 작고 통통한 정 사장이 기다렸다는 듯이 서 있었다. 그는 특유의 사람 좋아 보이는 미소로 제호를 바라봤다. 다행히 술 먹고 단풍나무에 욕했던 그날의 사건이 오래전 일이 되어 이젠 그를 봐도 제호는 아무렇지 않았다.

"네, 재료가 다 떨어져서요."

제호가 거짓말을 하면서 자기도 모르게 뒤통수를 긁적였다.

"아휴, 장사가 잘 되시나 봐요. 불경기인데도."

"네……."

어차피 제호네 분식집은 특별히 장사가 잘 되지도 못 되지도 않는 곳이다. 처음 오픈했을 때를 제외하곤 매출이 2년 내내 요지부동이다. 심지어 가게 문을 자기 마음대로 열고 닫는데도 신기하게 평균을 유지했다.

"저희 가게 애들도 자주 가서 먹죠?"

"네……."

발길이 끊긴 지 벌써 석 달이 넘었다. 그 사이 새로 생긴 분식집에 가는 걸 두 번이나 목격했다. 구차하게 이런 얘기는 하지 않기로 마음먹고 말끝을 흐렸다.

"그럼, 수고하세요."

"네, 사장님도."

카페를 향해 걸어가는 정 사장의 뒷모습을 빤히 바라봤다.

진짜로 장사가 잘 되는 건 저 사람인 게 분명해 보였다. 실제로 평일이든 주말이든 항상 손님들로 테이블이 꽉 차 있었다. 유명 프랜차이즈 카페가 아니지만 이상할 정도로 이 동네에선 꽤 잘 나갔다. 분식집 운영에 큰 미련이 없는 제호마저도 당당한 그의 뒷모습만큼은 살짝 부러웠다.

집으로 가기 위해 다시 발을 뗐다. 골목을 빠져나오자 대로변이 보였다. 몸을 돌려 조금 더 걷자 얼마 안 되어 옆에 새로운 골목이 나타났다. 그 안은 단독 주택과 작은 빌라들이 따닥따닥 붙어있는 주택가다. 이곳에 온 지도 벌써 2년이 다 되었다. '여우별'을 맡아 운영하기로 한 뒤 곧바로 이사 온 것이다.

골목 입구에 가장 가까운 5층짜리 빌라 안으로 들어갔다. 문을 열고 발을 디뎠을 때, 위에 있는 센서등이 아무런 작동을 하지 않았다. 고개를 들어 자세히 봤다. 요즘따라 계단이며 복도며 센서등의 불이 들어오지 않았다. 벌써 한 달 가까이 됐다. 하지만 어느 누구도 항의하지 않았다. 그는 이번에도 신경 쓰지 않고 계단을 올라 3층에 도착했다. 301호의 비밀번호 810305를 치자 띠리링 소리가 나며 문이 열렸다.

집 안은 고요했다. 적막만이 가득한 이곳의 분위기가 주인인 제호와 퍽 닮았다. 소파와 TV만이 자리한 거실의 단출함마저도 그와 비슷했다. 습관처럼 부엌으로 가 컵에 물을 받은 뒤 방으로 걸음을 옮겼다. 들어가자마자 가방을 바닥에 획 던졌다. 자신의 분신처럼 항상 함께 하며 소중히 여기는 것치곤 조심히 다루진 않는 편이다. 마치 그와 가족의 관계처럼.

가방 안에 특별한 것은 없다. 노트와 볼펜 몇 자루 그리고 지갑만이 들어 있다. 그렇다고 근무하는 동안 가방을 열어보거나 노트를 꺼내 뭔가를 끄적였던 적은 단 한 번도 없었다. 조금이라도 쉴 틈이 있으면 가게를 빠져나오기 바빴으니까. 덕분에 노트는 새로 산 것처럼 깔끔했다. 어차피 주로 쓰는 노트는 집에 있었다.

벽에는 포스트잇이 여러 장 붙어 있었고 책상 위에는 두꺼운 노트가 누워 있었다. 이것이 그가 주로 쓰는 노트다. 포스트잇을 살펴보던 제호가 노트를 집어 들어 빠르게 쭉 넘겼다. 모든 페이지마다 볼펜으로 적은 글들이 가득이었다. 어떤 페이지는 정리가 잘 되어 있었고 또 어떤 페이지는 다른 사람이 보면 못 알아볼 정도로 정신없이 복잡했다. 아마 오랜 시간이 지나 다시 보게 된다면 제호 자신도 못 알아볼 것이다.

마지막 페이지에서 손이 멈췄다. 아무것도 쓰여 있지 않은 유일한 페이지였다. 그 앞까지 노트를 잘 사용했다. 제호가 나

직하게 한숨을 쉬었다. 뿌듯함과 아쉬움의 두 감정이 뒤섞여 올라왔다. 이 노트를 사용할 때의 상황들도 여럿 떠올랐다. 아이디어가 생각나 급하게 적는 모습이며 답답함에 볼펜으로 마구 낙서하던 모습까지, 하나하나 떠올리며 제호가 피식 웃었다. 이제 가치를 다한 노트를 책상 위에 두고 새로운 노트를 찾아 고개를 돌렸다. 가방에 있는 노트는 온전히 야외용이다.

책꽂이의 왼쪽 끝부터 시작해 오른쪽으로 천천히 시선을 돌리다 중간에서 시선이 딱 멈췄다. 잠시 망설이다 눈길을 사로잡은 어느 소설책을 꺼냈다. '마지막으로 보낸 편지.' 노트를 볼 때처럼 페이지를 빠르게 쭉 넘겼다. 제호의 얼굴이 점점 굳어갔고 속에선 이상한 꿀렁임이 일었다. 다 쓴 노트 옆에 책을 살포시 두었다. 푸른색 바탕에 하얀 편지봉투가 있는 표지를 가만히 보는 그의 눈에 안개가 잔뜩 끼었다.

못 본 척 애써 몸을 휙 돌렸다. 다시 부엌으로 가 싱크대 앞에 섰다. 반 잔 정도 남아있는 물을 벌컥벌컥 다 마셨다. 소주를 마신 것처럼 카악 소리를 내며 입가에 묻은 물을 소매로 닦았다. 분명 냉수를 마신 건데 술을 마신 것처럼 정신이 몽롱했다. 요즘 들어 이런 기분을 자주 느낀다.

쨍그랑.

제호가 싱크대 안에 유리컵을 넣으려다 바닥에 떨어뜨리고 말았다. 깨진 유리 조각이 바닥에 널브러졌고 그의 발등에 작은 유리 조각이 박혔다. 제호는 아랫입술을 질끈 물었다.

3

"다다음 주면 시험이잖아."

"진짜 싫다."

여학생들의 앓는 소리가 가게 안을 채웠다. 방과 후면 항상 이곳을 찾는 삼총사가 토요일인데도 아침부터 테이블 하나를 차지했다. 한 명은 긴 신장처럼 긴 얼굴을 가졌고, 또 한 명은 양옆으로 머리를 말아 올린 뿡까머리를 했으며 또 다른 한 명은 주근깨가 양 볼에 가득 피어 있었다. 그들에게 이곳은 아지트나 마찬가지다. 평일엔 집에 가기 전 수다를 떨며 시간을 보내는 곳, 주말엔 남은 시간 무얼 할지 정하는 곳. 딱 그런 곳이다.

딱히 떡볶이가 맛있어서 오는 것은 아니다. 오히려 매번 주근깨 소녀는 맛없다고 툴툴댔고 뿡까머리 소녀는 말리기 바빴다. 그럼에도 자석에 이끌리듯 습관처럼 이곳을 찾았다. 제호는 그런 삼총사가 의아했다. 도대체 왜 이곳에 와서 1시간씩 수다를 떠는지 도통 알 수가 없었다. 카페나 더 맛있는 음식점을 찾아가지, 맛도 없고 서비스도 별로인 '여우별'을 왜 매일같이 찾는 건지. 그나마 추측해 보건대, 비밀 얘기를 지켜줄 것 같아 보였던 것은 아닐까. 그만큼 삼총사는 다른 학생들의 별의별 얘기들을 제호가 듣거나 말거나 서슴없이 했다.

사실 골목의 깊숙한 곳에 또 다른 분식집이 존재했다. '여우별'보다 훨씬 인기가 많은 분식집이다. 물론 워낙 골목 안쪽에 있어 그곳까지 가기가 귀찮았을 수 있다고 그는 생각했다. 가끔 삼총사를 볼 때마다 의문이 들었지만, '여우별'을 아지트로 쓰는 이유가 아무리 봐도 보이지 않았지만 그는 단 한 번도 묻지 않았다. 그런 사소한 얘기를 그들과 굳이 나누고 싶지 않았다.

창밖만 멍하니 보던 제호가 움찔하며 일어났다. 활짝 열린 문안으로 손님들이 연달아 들어왔다. 신혼부부 커플과 대학생 커플이 남아있는 두 개의 테이블에 나눠 앉았다. 그들은 떡볶이 2인분에 튀김 그리고 어묵까지 똑같이 주문했다. 덕분에 금방 준비를 마쳐 음식이 나갈 수 있었다.

테이블이 가득 차자 제호는 다행이라는 듯 기지개를 켜며 조리실을 빠져나왔다. 잠시 숨 돌릴 틈이 생긴 것이다. 물론, 포장 손님이 온다면 달라지겠지만 최근의 분위기로 봐선 잠시 한가할 듯했다. 어차피 점심시간이 아닌 아침 11시였다. 그나마 일찍 놀러 나온 이들이 평소보다 빠른 시간 가볍게 식사를 해결하러 이곳을 찾았던 것이다.

사실, 제호는 몹시 헷갈렸다. 손님이 없는 게 좋은 건지 아닌 건지. 분식집을 운영하기로 했을 때 진우에게 두 가지 방식을 제안받았다. 월급으로 받을 건지, 순이익에 30%를 가져갈 건지. 그땐 무슨 이유에선지 후자를 택했다. 대답을 할 당시엔 별 생각이 없었다. 뭘 선택하든 상관없다는 심정이었고 입에서 나오는 대로 말한 것이다. 혹시 어렸을 때의 기질이 불현듯 나온 것은 아닐까.

결과적으로 월급을 받는 거나 마찬가지였다. 워낙 매출이 제자리였기 때문이다. 특별히 많이 팔리는 때가 있는 것도 아니었고 엄청나게 장사가 안 된 적도 없었다. 잘 되든 안 되든 평균치와 비슷했다. 이번 달은 안 되는 달에 속하긴 하지만 어차피 거기서 거기다.

얼른 하루가 지나가고 쉬는 날인 일요일이 되기만을 바랐다. 활짝 열려 있는 문 옆에 서서 하품을 저억하며 다시 기지개를 켰다. 지나다니는 사람들을 구경하던 중, 이상한 기운을 느꼈다. 정 사장네 아르바이트생을 단풍나무 앞에서 마주쳤을 때처럼. 미간을 찌푸리며 천천히 고개를 문 쪽으로 돌렸다. 열려 있는 유리문 앞에 누군가 서 있는 게 보였다. 얼굴은 A4용지로 가려져 보이지 않았지만 바지와 신발로 보아 그곳엔 분명 여자가 서 있었다. 문 옆으로 아주 조심히 고개를 내미는 그 순간.

"안녕하세요."

"어후."

깜짝 놀란 제호가 소리치며 뒷걸음질 쳤다. 하마터면 넘어질 뻔했다. 가게 안에 있던 손님들도 깜짝 놀라 이곳을 쳐다봤다.

"괜찮으세요?"

살짝 통통한 얼굴에 앞머리로 이마를 덮고 뒤를 꽁지로 묶은 여자가 걱정스러운 표정으로 빠르게 다가왔다. 그녀는 안 그래도 큰 눈을 더욱 크게 떴다.

"괘, 괜찮아요."

"다행이다. 저기 근데, 아르바이트생 지금도 찾는 중이세요?"

"네? 네…."

"정말요? 그럼 저 여기서 일하고 싶어요!"

"네?"

제호는 대화의 내용보다 큰 목소리에 당황해 움찔했다. 귀여운 외모와 아주 대비되는 목소리였다. 그 데시벨은 단순히 흥분하거나 들떠서 나온 게 아니었다. 원래 성량이 큰 것이었다. 딱 제호가 싫어하는 스타일이다. 큰 목소리에 과도한 활발함이 자신과 결이 맞지 않다고 판단했다. 딱 그가 원하는 직원상과 정반대의 인물인 것이다. 어떻게 거절해야 될지 고민하기 시작하자 머리가 아파 왔다.

"저 정말 잘할 자신 있거든요. 서비스 정신 좋다고 음식점 아르바이트할 때 칭찬 많이 들었어요."

"그래요? 근데 저…."

"손님이 부르시는데요?"

제호는 안중에도 없이 가게 안을 살피던 여자가 부리나케 뛰어 들어갔다. 그녀는 손을 번쩍 들고 있던 손님에게 다가가 웃음 띤 얼굴로 친절하고 공손하게 이야기를 듣더니 다시 제호 곁으로 다가왔다.

"어묵 국물 더 달라는데요? 제가 떠서 드려도 되나요?"

"그, 그게…."

여자는 제호의 대답을 듣기도 전에 얼른 몸을 돌려 어묵 국물을 그릇에 담아 손님에게로 향했다. 손님을 대할 때마다 얼굴엔 자연스러운 미소가 피어올랐다. 그런 그녀의 모습을 제호는 얼떨떨해하며 쳐다볼 뿐이었다.

"하, 참나."

고개를 절레절레 흔들던 제호가 몸을 돌려 유리문에 붙은 A4
용지를 쳐다봤다. 이걸 어떻게 해야 하나 잠시 고민하던 그가
헛웃음을 치더니 종이를 확 떼 버렸다.

"근데 이름이 뭐예요?"

"세아요, 한세아."

방긋 웃으며 이름을 말한 세아는 아르바이트 첫날임에도 긴
장하거나 걱정하는 기색 하나 없었다. 도리어 오래 근무한 것처
럼 능숙하게 손님들을 상대했다.

"어서 오세요."

얼굴에선 미소가 단 한 번도 떠나지 않았고 일하는 내내 에
너지가 넘쳤다. 그것은 단순히 서비스 정신으로 한 것이 아니라
원래 그런 성격인 듯 보였다. '여우별'에 입장하는 손님들은 활
기찬 인사에 하나같이 기분 좋아했다. 지금껏 이곳을 찾은 손님
들에게서 볼 수 없는 표정이었다. 제호는 세아와 손님을 번갈아
보며 낯선 분위기에 적응하기 바빴다.

"죄송해요. 애가 흘렸어요."

"괜찮아요. 제가 치울게요. 사장님 마포 자루 어디 있어요?"

세아는 얼른 달려가 아이가 떨어뜨린 음식물들을 치우고 마포로 바닥을 깨끗이 닦았다. 겉모습과 다르게 아주 씩씩하고 힘 있게 바닥 청소를 했다. 식사를 하거나 포장을 기다리는 손님들의 눈에도 확 띌 정도로 그녀의 존재감은 엄청났다. 손님들은 그 모습에 수군댔다. 절대 나쁘게 말하는 것이 아니었다. 오히려 그녀만의 밝은 기운과 힘이 대단하다며 칭찬하는 내용들이었다.

그 에너지는 손님들이 다 빠져나간 뒤에도 여전했다. 쉬지 않고 무언가를 계속하느라 바삐 움직였다. 첫날이라 무엇을 어떻게 해야 할지 모르면서도 어떻게든 자기 일을 하려 애썼다. 그 모습을 빤히 바라보던 제호는 내심 부담스러웠다. 방과 후 여학생들이 가게를 가득 채워 시끄럽게 떠들 때에도 힘들어하던 그다. 어쩌면 그들의 에너지를 세아 한 명이 뛰어넘는 듯했다. 그런 면이 제호와는 정반대의 인물인 것이다.

그녀의 친절함은 손님들에게만 적용되는 것이 아니었다. 손님이 오지 않는 시간대에도 마찬가지였다. 한가롭게 쉬는데 건너편에 휠체어를 탄 할아버지가 나타났다. 특별히 어디를 다친 게 아니라 거동이 불편해 타고 다니는 분이란 것을 제호는 단번에 알았다. 그는 별다른 관심 없이 고개를 돌렸다. 그와 달리 세아는 지체하지 않고 할아버지를 향해 부리나케 달려갔다. 제호는 깜짝 놀라 그녀의 행동을 유심히 바라봤다.

세아가 휠체어를 탄 할아버지와 눈을 맞추기 위해 쭈그리고 앉았다. 그러더니 아주 밝은 얼굴로 할아버지와 이야기를 나누기 시작했다. 거리가 있어 가게까지 대화가 들리진 않았다. 그저 이런 상황이 낯선 제호는 가만히 서서 그녀를 구경할 뿐이었다. 얼마 뒤, 몸을 일으킨 세아가 가게 창문 앞으로 다가와 섰다.

"사장님, 할아버지가 어디 가실 데가 있다는데 도와드리고 와도 돼요?"

제호는 창밖의 세아를 향해 말없이 고개를 끄덕였다. 어차피 가장 한가한 시간대였다. 물론 바쁜 시간대라고 해서 아르바이트생이 필요할 정도로 바쁘지도 않았지만.

제호의 허락을 받은 세아가 휠체어를 끌고 할아버지와 함께 어딘가로 사라졌다. 제호는 세아의 행동에 신기해하면서도 금방 관심이 식어 휴대폰만 들여다봤다. 그렇게 십여 분이 지났다. 세아가 뿌듯한 얼굴을 한 채 '여우별'에 돌아왔다. 그녀는 오자마자 어디를 갔고 왜 그곳을 갔는지 등을 조잘조잘 떠들어댔다. 중학생이 된 손주 혼자서 할아버지 댁을 오다가 길을 헤매고 있어 자신이 직접 밖으로 나왔다는 이야기다.

그러나 제호는 귀담아듣지 않았다. 좁은 가게 안에서 만난 지 얼마 안 된 낯선 사람과 이런저런 대화를 나누는 게 여간 불편한 게 아니었다. 그러거나 말거나 자기 할 말을 끝까지 다 한 세아가 빈 테이블로 가 앉았다.

어느덧 5시가 넘었다. 평일엔 학생들이 떠나는 시간이었겠지만 토요일이라 딱히 그러진 않았다. 토요일엔 랜덤이었다. 이 시간에 손님이 있기도 하고 없기도 했다. 이번에는 다행인지 아닌지 한가했다.

"이거 제가 설거지하면 되는 거죠?"

"으, 응."

세아가 수저와 접시들을 설거지하며 노을이 지기 시작한 밖을 봤다. 그녀는 뜬금없이 미소를 지었다. 일을 하는 내내 이랬다. 뭐가 그리 좋은지 누군가가 말만 걸어도 웃었고 심지어 발을 헛디더 넘어질 뻔한 상황에도 웃었다. 일을 하는 것이 즐거운 건지, 사람을 만나는 게 좋은 건지 제호는 도저히 알 수 없었다. 적어도 제호는 가게에 있는 동안 단 한 번도 웃질 않았다. 아니, 하루 종일 미소 지을 일이 없었다. 그런 그였기에 멈추지 않고 미소 짓는 세아의 모습이 무척 신기했다.

"저기, 세아 씨."

"네? 왜요?"

"밖에 뭐 재밌는 거 있어?"

"오랜만에 이렇게 일하니까 좋아서요. 벌써 노을이 지기 시작하네요."

역시나 그녀의 목소리는 좀 크다. 제호의 기준에선 확실히 그랬다. 남들이 듣기엔 당차고 시원한 목소리라 할 수도 있겠지만 조용한 걸 선호하는 제호에겐 익숙지 않은 데시벨이었다.

"응, 그러네."

세아의 이마에서 한 줄기 땀이 흐르고 있었다.

"근데 땀 흘리면서 일하는 게 좋아?"

"네, 그리고 일하면 월급 받을 수 있잖아요. 내가 원하는 곳에 쓸 수도 있고."

"그렇긴 하지…"

제호가 얼렁뚱땅 정리를 마치고 앞치마를 벗었다.

"칠판에 쓰여 있는 거로는 저녁 9시 30분까지던데. 이제 4시간 남았네요."

"아, 오늘은 그만하고 문 닫으려고."

"네? 벌써요?"

"응. 더 이상 손님 안 올 것 같아."

"그래도 정해진 시간까진 해야 되지 않아요? 저녁 식사하러 올 손님들도 있을 거 아니에요? 이따가 데이트하러 오는 커플들도 많을 것 같은데…."

"없어. 안 오니까 얼른 설거지 끝내고 퇴근 준비나 해."

"아쉬운데…."

빨리 문 닫는 게 아쉽다는 아르바이트생은 처음 봤다. 대충 정리를 마치고 제호가 가게 밖으로 나갔다. 적당히 서늘한 바람이 그를 가장 먼저 맞아주었다. 잠시 눈을 감고 바람을 맞으며 세아의 설거지가 끝나기만을 기다렸다. 왜 저리 꼼꼼하게 설거지를 하고 정리를 하는지 그는 이해되지 않았다. 열심히 한다고 달라지는 게 뭐가 있다고 저러는지. 요령이 부족한 탓이라 생각한 제호는, 앞으로 가르쳐야 할 것이 많아 보여 걱정이었다.

가르쳐야 할 것이란, 대충 하는 법, 대충하면서도 들키지 않는 법, 들키지 않을 뿐 아니라 도리어 열심히 하는 것처럼 보이는 법 등이다. 세상을 살아가려면 이런 요령 정도는 분명 필요하다고 그는 생각했다. 지금까지 자신은 그런 걸 깨우치지 못해 이런 고생을 했다고 매일 같이 후회하고 있기 때문이다. 제아무리 열심히 한다고 한들 누가 알아줄까.

"사장님."

창 너머로 세아의 큰 눈이 보였다.

"왜?"

"오늘 회식하는 거죠?"

"회식?"

"네. 저 오늘 입사 첫날이잖아요."

세아가 빙긋 웃었다. 얼른 집에 가 쉬고 싶었던 제호가 아무런 대꾸도 못하고 고개를 돌렸다. 딱히 거절할 핑계가 떠오르지 않은 탓이다. 아마도 세아의 기세에 밀린 것 같다고 그는 생각했다. 동시에 앞으로가 걱정되었다.

4

모든 정리를 다 마치고 제호와 세아가 가게를 나왔다. 제호는 문을 잠그면서도 여전히 회식을 정말로 가는 건지 아닌지 헷갈렸다. 세아가 농담으로 한 것 같지는 않았지만 그렇다고 사장인 자신이 싫다고 하면 꼬리 내리지 않을까 그런 생각도 들었다. 하지만 명분 없이 그냥 가기 싫다고 하면 끝까지 밀어붙일 것 같기도 했다. 그의 성격답게 이리저리 마음속으로 휘둘리다 아무 말도 못 한 채 문고리만 가볍게 잡아당겼다.

고개를 돌리자 세아가 초롱초롱한 눈빛으로 여전히 바라보고 있었다. 그때 더욱 확실히 깨달았다. 결국 회식을 하러 가야 하는구나. 어떤 변명도 안 통하겠구나. 제호는 퇴근 후 가는 길과 반대 방향인 골목 안쪽으로 걸음을 옮겼다. 세아가 얼른 옆으로 다가와 나란히 걸었다. 한껏 들뜬 그녀는 콧노래를 불렀다. 제호는 그런 세아를 곁눈질로 보며 이해할 수 없었다. 아니, 하루 종일 그녀의 모든 행동과 말들을 이해하지 못했다. 자신이라면 절대 그녀처럼 열심히 일하지도 않을 것이며, 회식을 가고 싶어 하지도 않을 것이다. 아마도 세아에게 회식은 특별한 의미가 있는 것 같았다.

"원래 아르바이트생 오면 첫날에 회식하는 거야?"

"전에 제가 다니던 곳들은 다 그랬어요."

"그때도 먼저 하자고 조른 거 아니고?"

"어? 어떻게 아셨어요?"

"왜? 회식을 좋아하는 이유라도 있어?"

"좋아하는 건 아니고. 그냥 함께 일하기로 했으니까요. 친해져야죠."

틀린 말은 아니었기에 제호는 대꾸하지 못했다. 대신 두 손

을 외투 주머니에 넣으며 코를 훌쩍였다. 저녁이 되자 날씨가
조금 쌀쌀했다. 확실히 일교차가 심해졌다. 쌀쌀한 날씨에 더
이상 걷기 싫어진 그는 어디든 얼른 들어가 앉고만 싶었다. 적
당한 음식점을 찾기 위해 고개를 이리저리 돌렸다.

상점가에는 다양한 가게들이 줄지어 자리했다. 옷 가게부터
휴대폰 매장, 액세서리 전문점 등 다양한 가게들이 있었다. 그
사이사이에 음식점들이 저녁 장사를 준비했다. 국밥집, 횟집,
돈가스 전문점, 이탈리아 음식점 그리고 제호네 가게와 같은 분
식집까지 식당도 종류별로 여럿이었다.

걷다 보니 적당한 곳이 보였다. 순두부 가게. 그 앞에 걸음을
멈추고 섰다. 세아도 그 옆에 나란히 서서 가게를 바라봤다. 다
행히 가게 안은 손님이 별로 없었다. 아직 저녁 5시 30분밖에
안 됐으니 본격적인 식사 시간은 아니었다. 제호가 적당한 곳을
찾았다는 만족감에 걸음을 떼려는 순간 세아가 입을 열었다.

"고깃집 가는 거예요?"

"뭐?"

세아가 가리킨 곳은 순두부 가게 바로 옆에 자리 잡은 고깃
집이었다. 하필 나란히 있다니. 제호가 당황해 눈만 껌벅거렸
다. 회식 비용을 마음대로 쓰기엔 부담스러웠다. 정산을 한 뒤

이익금에 30%를 가져가는 조건이기에 최대한 회식 비용을 줄여야 했다. 어떻게 말해야 하나 머리를 굴렸지만 답이 안 나왔다. 무슨 말을 하든 치사해 보일 것 같았다.

"아, 아니에요. 순두부 가게를 지금 봤네. 여기 가는 거죠?"

"으, 응."

제호가 다급히 대답하자 세아가 빠르게 앞장서 걸었다. 다행이었다. 마지막까지 고집을 피웠다면 정말 힘들었을 것이다. 그래도 눈치가 아주 없지는 않구나라고 속으로 생각하며 가게 안으로 따라 들어갔다.

그들은 안쪽에 빈 테이블로 향했다. 이곳도 골목 안 대부분의 가게처럼 규모는 작았지만 나름 깔끔한 편이었다. 곳곳에 비치된 인테리어 소품들도 아기자기하니 귀여웠다. 제호는 보면서 자신이 가게 인테리어에 너무 무관심했던 건 아닌지 되돌아봤다. 그러면서도 자신은 절대 이런 노력을 할 사람이 아니란 사실을 잘 알았기에, 자연스레 관심을 거뒀다.

"안녕하세요. 오랜만이에요."

"네, 순두부찌개 2개요."

제호가 반갑게 인사하는 가게 종업원에게 무미건조한 투로 주문했다. 세아는 민망했는지 종업원을 보며 어색하게 웃었다.

그 의미를 알고 있는 종업원이 그녀를 보며 애써 미소 짓고는 자리를 떠났다. 세아는 자신에게 웃으며 다가오는 상대를 심드렁하게 대하는 제호가 조금은 이해할 수 없었다. 과거 음식점에서 일을 했을 때 딱 제호 같은 손님이 있었다. 가장 까다롭고 힘든 유형이었다. 혹시 자신에게 화가 난 것은 아닌지 그녀는 매번 전전긍긍했다. 그럴 때마다 동료들은 굳이 관심 갖지 말라고 했지만 그게 말처럼 쉽지 않았다.

둘은 한동안 말없이 앉아 있었다. 주문한 음식이 나올 때까지 제호는 밖을 바라봤다. 세아는 무언가 말을 꺼내고 싶었지만 유심히 밖을 보는 제호의 눈빛을 읽고는 그저 주변만 두리번거렸다. 사실 둘이 만난 지 고작해야 6시간 됐다. 그전까지 본 적도 대화를 나눈 적도 없었다. 그러다 갑자기 사장과 직원이 되었으니 어색한 것은 당연했다. 아무리 세아가 활발한 성격이라고 한들 이 상황마저 편할 수는 없었다. 그리고 그런 불편함을 풀고 싶어 이런 자리를 요구한 것이다. 예전부터 세아는 어색한 상황과 관계를 무척 힘들어했다. 팀이 된 순간 회식이든 뭐든 해서 친해져야 직성이 풀렸다. 그리고 그런 노력이 그녀의 성격이 되었다.

"나왔습니다."

펄펄 끓는 순두부찌개가 뚝배기에 나왔다. 둘은 호호 불며 한 입 먹었다. 맛에 놀란 세아가 눈을 동그랗게 떴다. 제호 역시 오랜만에 먹는 순두부찌개가 아주 맛있었다. 두 사람은 일하느라 배고팠는지 한동안 말없이 식사에만 집중했다. 사실 집중한 시간이라고 해봤자 몇 분 안 됐다. 제호가 워낙 빠르게 식사를 한 탓도 있었지만 먹는 양이 그리 많지 않은 탓도 컸다.

어느 정도 배가 차기 시작했다. 그제야 식사 중인 세아가 눈에 들어왔다. 그녀는 여전히 식사에 열중했다. 먹성이 좋다는 것이 이런 걸 얘기하는 것 같다고 그는 생각했다. 그만큼 음식에 몰입했고 전투적으로 먹었다. 제호는 잠시 숟가락을 내려놓고 물을 한 모금 마셨다. 사장으로서 하나둘 물어봐야 할 것들을 머릿속으로 정리했다.

"세아 씨 나이가 어떻게 되지?"

"저 22살이에요."

세아가 말하며 휴지로 입가를 닦았다. 때마침 그녀도 배가 부르던 차였다. 그럴 만했다. 그 뜨겁고 양 많은 순두부찌개가 벌써 다 사라졌으니까.

"그럼 대학생?"

"아, 실은 자퇴했어요."

"자퇴?"

"네, 대학 다닐 형편이 아닌 것 같아서 제가 먼저 부모님께 말씀드리고 자퇴했어요."

세아가 쓴웃음을 지으며 괜히 뚝배기 바닥을 숟가락으로 긁었다.

"그래?"

제호는 쓸데없는 걸 물어본 건가 싶어 걱정했다. 실은 아르바이트생을 처음 뽑아 질문하는 게 무척 어려웠다. 아무래도 사생활에 대한 부분도 있기 때문에 더욱 그랬다.

"빨리 사회에 나오는 게 맞는 것 같아서요. 아직까지 뭐, 특별하게 한 건 없지만…."

"그렇구나…."

제호는 다음 질문을 어떤 식으로 해야 할지 고민하느라 머릿속이 지진이 일어난 것처럼 복잡했다.

"순두부찌개 맛있네요."

"그래? 다행이네."

"네. 종종 와야겠어요."

"맞다. 사는 곳이랑 계좌번호 그거 문자로 보내야 돼. 이력서가 없으니까. 내 전화번호 아까 알려줬지?"

"네, 이따가 보낼게요."

"그리고 보건소 가서 보건증 검사도 받아야 되고."

"아, 그건 이미 다 했어요. 내일모레 출근할 때 드릴게요. 내일은 휴무니까."

"그래."

제호는 할 말을 다 마친 듯했다. 자신의 대화 능력에 나름 만족하며 물을 한 모금 마셨다. 지금껏 살면서 가장 어려운 게 대화였다. 특히, 낯선 사람과의 대화. 그렇기에 자신의 이런 모습이 신기하면서 뿌듯했다.

"보통 자퇴했다고 하면 어느 과 나왔냐고 묻던데. 그건 안 궁금하세요?"

"어?"

제호가 컵을 내려놓다 놀라 멈칫했다. 이미 좋은 대화를 끝마쳤다고 생각했던 제호였기에 갑작스러운 세아의 물음에 당황스러웠다. 그는 컵을 살며시 내려놓으며 눈만 껌뻑였다.

"보통 어른들은 그렇던데요. 전에 일하던 가게에서도 그렇고 그전 가게에서도 그렇고. 전공이랑 꿈은 기본으로 묻던데."

"아, 자세한 건 다음에 물어보려고 했지. 무, 무슨 과였어?"

"실용음악과요. 1년 다니고 그만뒀어요."

"그렇구나. 그럼 꿈은 뭐야?"

"뮤지션이요. 직접 곡도 쓰고 노래도 부르는 뮤지션이요."

"그래서 전공도…."

"네. 어릴 때부터 음악이랑 가까웠거든요. 악기도 많았고. 아빠가 음악을 좋아하셔서요."

"그래? 그럼 악기 사려고 아르바이트하는 거야?"

"네. 어렸을 땐 부모님이 사주셨지만 이젠 제가 사야죠."

"응, 그렇구나."

"길거리에서 버스킹도 하고 싶고, 제 이름으로 음반도 내고 싶어요. 언젠가 공연장에서 콘서트도 하고 싶고요. 쉽진 않겠지만 꼭 해보고 싶어요. 꿈이니까요."

세아는 미래의 자신을 머릿속으로 그리며 빙긋 웃었다. 뮤지션이 된 자신의 모습이 바로 앞에 그려져 있는 듯했다.

그 모습을 제호가 말없이 바라봤다. 그는 어떤 말을 꺼내려했지만 애써 참으며 아랫입술을 살며시 물었다. 멋진 미래를 그리고 있는 세아에게 굳이 쓸데없는 말을 할 필요는 없으니까. 터져 나오려는 말을 꾹 누르며 물을 한 모금 들이켰다. 그리고 팔짱을 낀 채 문밖의 거리로 시선을 돌렸다. 거리에는 수많은 사람들이 각자의 목적지를 향해 바쁘게 걷고 있었다.

5

제호가 집 근처 편의점에 들어갔다. 야간 아르바이트생의 인사에 건성으로 고개를 살짝 끄덕였다. 인사를 정성스레 받아줄 만한 체력과 정신이 아니었다. 이 시간에 밖에 있는 건 오랜만이었다. 언제가 마지막이었는지도 기억나지 않았다. 저녁 8시인 지금은 이미 집에 들어가 씻은 뒤 저녁 식사를 해치우고 개인적인 시간을 보내고 있을 때이다. '여우별'이 공식적으로 문 닫는 시간은 저녁 9시 30분이었지만.

진열대를 지나 구석으로 향했다. 업소용 음료 냉장고에서 소주와 맥주가 선택받을 차례를 기다리며 자리하고 있었다. 맥주 캔 3개를 꺼내 계산대로 갔다. 캔을 내려놓자 방금 전 반갑게 인사하던 남자 아르바이트생이 바코드를 찍었다. 그러는 동안 제호가 몸을 돌려 진열대에 있는 과자 두 봉지를 가지고 왔다. 분명 순두부찌개를 먹어 배가 불렀지만 술 마실 때 안주는 필수다.

"12,500원입니다."

아르바이트생이 습관처럼 입가에 미소를 지은 채 제호를 봤다. 세아 못지않은 아주 친절한 아르바이트생이다.

편의점에서 나와 터덜터덜 집으로 걸어갔다. 토요일 저녁을 즐기기 위해 돌아다니는 사람들로 거리는 붐볐다. 대부분이 가족 아니면 연인 사이였다. 이 동네엔 딱히 놀 거리가 없었다. 적어도 제호가 보기엔 그랬다. 그럼에도 주말 저녁을 집에서만 보내기 아쉬워 다들 밖으로 나왔다. 특히, 연인들은 팔짱을 낀 채 뭐가 그리 좋은지 활짝 웃고 있었다. 제호도 과거엔 그랬었다. 의욕이라곤 전혀 보이지 않는 지금의 모습에선 상상도 안 되겠지만 그에게도 젊은 시절 죽고 못 사는 연애의 경험이 있었다. 그땐 감수성이 풍부해 울기도 웃기도 많이 했다. 그렇게 넘쳐나던 감성들이 다 어디로 사라져 버린 건지 제호 자신도 의문이다.

바로 옆 주택 골목으로 들어가자마자 그가 살고 있는 빌라가 나타났다. 1층에 들어갔을 때 역시나 불이 들어오지 않았다. 언제쯤 센서등을 고칠 생각인지. 제호는 휴대폰 손전등을 켜고 어두컴컴한 계단을 하나씩 하나씩 조심스럽게 걸어 올라갔다. 그의 발걸음이 한없이 무거웠다. 생각해 보면 이곳에 온 뒤로 발걸음이 가벼웠던 적이 없었던 것 같다. 그렇다고 일이 고되다는 뜻은 아니다. 그저 세상살이에 지친 그의 발이 중력의 힘을 버티기 힘들었을 뿐이다.

어느덧 301호 앞에 도착했다. 비밀번호를 누르고 문을 열자, 센서등이 고장 난 복도처럼 어두운 집 안이 나타났다. 그나마 밖에서 들어오는 불빛이 햇살처럼 거실 한쪽을 내리쬈다. 문을 닫고 안으로 들어가자 가장 먼저 한기가 그를 반겼다. 사람의 온기라곤 전혀 느껴지지 않았다. 고작 몇 시간이라도 사람이 있지 않으면 이렇게 냉골이 되었다. 어둡고 차가운, 마치 제호의 냉소적인 마음처럼.

샤워를 마치고 옷을 갈아입은 뒤 방으로 들어갔다. 익숙하게 책상 앞에 앉았다. 한 손에 들고 있던 캔을 따 맥주를 한 모금 마시며 벽에 붙은 포스트잇을 살폈다. 그곳엔 불현듯 떠오른 소재나 대사들을 적었다. 간혹 거리에서 목격한 재미있는 상황들도 포스트잇에 남겼다. 하지만 그중 실제로 쓰인 것은 아직 아무것도 없다.

책상 위에 누워있는 다 쓴 노트를 들어 내용을 살폈다. 여기에 적힌 글들 역시 작품으로 만들어진 것은 별로 없었다. 나름의 작품으로 만들어진 것조차 컴퓨터에 저장되어 있을 뿐 세상 밖으로 나오지 못했다. 언제쯤 글들이 이 방을 벗어나 세상의 관심을 받을 수 있을까. 마치 은둔형 외톨이가 된 자식을 보는 부모의 심정처럼 안타까웠다.

노트를 내리고 시선을 돌려 모니터를 바라봤다. 컴퓨터 문서 프로그램을 틀었지만 커서만 껌뻑일 뿐 어떤 글도 적지 못했다. 그 상태로 어느덧 1시간 가까이 흘렀다. 그 어떤 것도 머릿속에 떠오르지 않았다. 일기라도 쓰고 싶었지만 그마저도 쉽지 않았다. 갈수록 글을 쓰는 것이 힘들어졌고 매일 저녁 똑같은 상황이 반복됐다.

"후."

제호가 깊은 한숨을 쉬었다. 과거의 자신을 떠올리며 무엇이 이렇게 무능하게 만든 건지 알고 싶어졌다. 퍽퍽한 세상살이 때문인 걸까 아니면 이미 능력을 다 소진해버려 더 이상 글을 쓸 수 없어진 걸까. 그런 그의 눈에 책 한 권이 들어왔다. 모니터 앞에 누워있는 책을 들었다. '마지막으로 보낸 편지.'

사실 제호는 소설가다. 정확히는 실패한 소설가다.

장편소설 '마지막으로 보낸 편지'를 출간했던 것이 벌써 15년 전의 일이다. 제호는 이 작품을 세상에 내놓으며 많은 기대와 궁금증이 있었다. 얼마나 많은 관심을 받을 수 있을까, 어떤 평가를 받을 수 있을까. 하지만 그의 기대는 무참히 밟혔다. 아무에게도 관심을 받지 못했고 호평은커녕 혹평만 들어야 했다. 심지어 실패한 소설가 나부랭이란 말도 들었다.

하지만 충격을 받거나 좌절하진 않았다. 곧바로 다시 일어설 거라 여겼다. 그럴만한 힘이 자신에겐 존재한다고 믿었다. 그는 자신의 작품을 비난했던 이들에게 통쾌한 한 방을 때리겠다고 마음을 다 잡으며 열심히 글을 썼다. 그렇게 15년이 지났고 지금까지 단 하나의 작품도 출간하지 못했다.

처음 그가 글을 쓰겠다고 다짐한 것은 중학생 때였다. 평소처럼 학교 복도를 걷던 중 벽에 붙은 포스터를 봤다. '희망과 미래'를 주제로 한 교내 글짓기 대회 포스터였다. 강제성이 없으면 어떤 것에도 참여하지 않던 그가 무슨 일인지 포스터를 뚫어지게 봤다. 이상한 호기심이 가슴 깊숙이 파고들었다.

"뭐야? 도전하려고? 에휴, 꿈도 꾸지 마. 네가 입상이라도 하면 우리가 돈 모아서 반 애들한테 아이스크림 쏜다."

친구들의 무시를 뒤로하고 집에 와 곧바로 글을 쓰기 시작했다. 이상하게 술술 써졌다. 의외였다. 누군가가 손을 잡고 대신 써주는 것처럼 아주 쉽게 글이 쓰였고 금방 글짓기를 완성했다. 얼마 뒤, 결과가 나왔다. 장려상이었다.

이 일이 하나의 계기였다. 살면서 받은 상이라곤 개근상이 전부였던 그에게 이것은 신이 내린 동아줄처럼 보였다. '글'이라는 줄을 붙잡고 올라가면 아주 멋진 미래가 존재할 것이라 그는 생각했다. 지금까지 재능이란 것을 단 한 번도 발견하지 못한 그에겐 특히나 절실한 존재였다.

이후 교내 글짓기 대회뿐만 아니라 다양한 공모전에 글을 써서 출품했다. 그는 수필, 시, 소설 가리지 않고 다 썼다. 고등학교를 졸업할 때까지 총 5번의 상을 탔다. 모두 장려상이었다. 하지만 그는 상관없었다. 장려상도 대단한 것이기 때문이다. 상을 받을 때마다 그는 속으로 되뇌었다.

'장려상이란 가능성이 보이는 사람에게 주는 상이야. 그러니 난 앞으로 얼마든지 더 큰 성공을 할 가능성이 있는 작가야.'

그렇게 낙관적인 미래를 꿈꾸며 쉬지 않고 책을 읽고 글을 썼다. 작법서도 수도 없이 사서 읽었다. 그러는 과정에서 소설가가 되기로 마음먹었다. 이야기를 만들고 그 안에 자신의 생각을 담을 수 있다는 게 무척이나 좋았다. '글'보다 '이야기'를 더 좋아한다는 사실을 그는 어느 순간 깨달았다.

대학교도 문예 창작학과로 들어갔다. 당연한 결정이었다. 그곳에서 많은 것을 배우고 공부하고 싶었다. 졸업할 때까지 꿈이 변하지도 꺾이지도 않았다. 무조건 작가가 되어 성공할 것이란 막연한 확신이 있었다. 말 그대로 막연한 확신이었다.

졸업을 하고 공모전에 단편소설을 써서 출품했다. 꽤 유명한 출판사의 공모전이었다. 서로 말은 안 했지만 같은 과 친구들 대부분이 도전했다. 눈에 보이는 경쟁자들을 떠올리니 더욱 의욕이 생겨 열심히 글을 썼다. 그리고 몇 개월 뒤 결과가 나왔다. 장려상 수상. 그는 쾌재를 불렀다. 소설가로의 시작을 아주 멋지게 연 것만 같았다. 가족을 비롯한 주변 사람들에게 결과 발표가 나자마자 이 사실을 알렸다. 특히, 같은 학과 친구들에게 마음껏 자랑했다. 그들은 제호를 진심으로 축하해 줬다.

그중엔 성만이라는 녀석도 있었다. 학교 안에서 자주 붙어 다녔던 같은 꿈을 꾸는 친구였다. 대부분 성만의 재능이 더 뛰어나다고 평가했다. 둘 사이에서만이 아니라 과 전체에서도 성만은 두드러지는 재능을 갖고 있었다. 그가 쓴 글은 유려했고 심리묘사도 치밀했으며 가독성도 좋았다. 그럼에도 그는 공모전에서 떨어졌다. 제호는 그 사실이 무척 기뻤다. 정말 친구라고 여긴 것이 맞나 의심이 들 정도로 통쾌했다. 그만큼 그를 이기고 싶었던 것이다. 이 일로 제호의 어깨는 하늘 높은 줄 모르고 솟았다. 자신감이 가장 넘쳐흐르던 시기였다. 인생을 통틀어.

얼마 뒤, 자신의 이름과 작품이 써진 책이 나왔다. 다른 작품들과 함께 올라왔고 대상이나 최우수 작품에 비해 관심을 못 받았지만 이 정도로도 그는 만족했다. 장려상이란 가능성이 보이는 사람에게 주는 상이니까. 얼마 안 있으면 그들보다 더 훌륭한 작품을 만들 거니까.

더욱 희망을 안고 열심히 소설을 썼다. 사람들도 안 만난 채 집에 틀어박혀 이야기를 구상하고 글을 썼다. 친구들은 그럴수록 오히려 창의력을 발휘할 수 없다며 무조건 나오라고 했지만 제호는 한사코 거절했다.

"이번이 나에겐 아주 중요한 기로야."

매번 이렇게 말하며 작품에만 몰두했다. 심지어 완성될 때까지 집 밖으로 나오지도 않았다. 지금까지 무언가에 이렇게 열심인 적이 있었나. 처음이 분명했다. 그만큼 열정적이었고 결과물에 대한 기대감도 아주 컸다. 앞으로 펼쳐질 인생을 머릿속으로 수차례 그리며 가슴 가득 희망을 안았다.

그렇게 2년이 지나 '마지막으로 보낸 편지'가 세상에 나왔다. 처음 책을 받아 들었을 땐 이제껏 느껴보지 못한 행복을 느꼈다. 가슴이 뭉클했고 세상에서 가장 소중한 보물을 안고 있는 기분이었다. 그 순간 그는 생각했다. 이제부터가 작가로서의 본격적인 시작이라고. 책이 정식 출간되기도 전에 이미 다음 작품에 대한 구상까지 마쳤다. 희망이란 게 사람을 얼마나 성실하고 열정적이게 만들 수 있는지 몸으로 직접 경험한 것이다.

하지만 그 희망은 조금씩 조금씩 하늘 위로 올라가 구름과 함께 사라져 버렸다. 1년이 채 안 되어 만든 다음 작품을 이곳 저곳에 투고했다. 당연히 몇몇 출판사에서 연락이 올 것이라 기대를 모았다. 잠시 휴식을 취하며 여유롭게 시간을 보냈다. 그렇게 하루가 지나고 이틀이 지났다. 어느덧 한 주가 지났고 또 한 달이 지났다. 투고한 지 두 달이 넘었을 무렵 그는 체념했다. 자신의 데뷔작이자 혹평 일색인 '마지막으로 보낸 편지'로는 어느 곳과도 계약을 할 수 없다는 사실을 깨달았다. 마치 주홍 글씨가 써진 것만 같았다.

그렇다고 포기하진 않았다. 그럴 때도 있는 것이라며 자신을 다독였다. 이 무렵이었다. 담배를 피우기 시작한 것이. 그전에도 가끔 폈지만 그냥 흉내 내는 식이었고 거의 술자리에서만 친구들을 따라 폈을 뿐이었다. 하지만 이 무렵부터는 아예 손에서 담배를 놓지 못했다. 이것은 멋이나 호기심으로 피는 것이 절대 아니었다. 당장 뭐라도 해야 살 수 있을 것 같았다. 평소 하지 않던 그 무엇을 해야만 했다. 그리고 편의점으로 가 담배를 샀다. 담배 연기와 함께 속에 있는 답답함이 날아가는 것만 같았다. 어쩌면 이것이 창의력을 발휘하게 도와주진 않을까 하는 잘못된 기대감도 마음속에 내재되어 있었다.

정말 그 덕분인지 빠르게 다음 작품이 나왔다. 하지만 결과는 마찬가지였다. 점점 미래에 대한 확신은 엷어졌고 자신감은 바닥을 쳤다. 평소 구상한 내용을 노트에 썼고 포스트잇에 괜찮은 대사를 적어 벽에 붙였다. 그게 전부였다. 노트와 포스트잇에 있는 모든 것들이 하나의 작품으로 연결되지 못했고 붕붕 떠다녔다. 결국, 글을 쓰는 시간이 점점 줄어들었다. 새로운 아이디어는 전혀 떠오르지 않았다. 아무리 머리를 쥐어뜯어도 달라지는 것은 하나도 없었다. 그렇게 K.O 직전의 상황에 내몰렸다. 그로기 상태로 15년이 지났고 세상 밖으로 나온 작품은 하나도 없었다. 대신, 담배 피우는 버릇만 남았다.

제호가 자신의 책 '마지막으로 보낸 편지'를 다시 책상 위에 올려 두었다. 맥주를 한 모금 마시며 멍하니 창밖을 바라봤다. 닫혀 있는 창문을 뚫고 사람들의 웃음소리가 들려왔다. 절로 한숨이 나왔다. 시간의 힘에 속절없이 굴복한 자신이 한심하게 느껴졌다. 분명 저들처럼 꿈이 있었다. 지금까지 그 '꿈'이 조금씩 부서지고 무너지는 것을 매일매일 느끼며 살아왔다. 얼굴에 피는 수염과 살며시 드러나는 주름들이 그 사실을 보여주고 있었다. 마치 성공이란 비행기 표를 눈앞에서 누군가가 찢어버린 것처럼 허무한 좌절감에 사로잡혔다.

다시 맥주를 한 모금 마셨다.

"에휴."

제호가 뒤에 있는 침대로 가 벌러덩 드러누운 채 두 눈을 감았다. 다른 의미의 꿈을 꾸기 위해서.

6

회식을 마친 세아가 들뜬 기분으로 버스에 올라탔다. 카드를 찍고 앉을 자리를 찾아 두리번거렸다. 토요일 저녁이라 그런지 만석이었다. 세아는 적당한 곳으로 가 서서 손잡이를 잡았다. 창밖으로 화려한 불빛의 시끌벅적한 거리를 빤히 바라봤다.

앉아서 가나 서서 가나 별로 신경 쓰지 않았다. 원래 그런 편이기도 하지만 이번엔 더욱 그러려니 했다. 그저 새로운 일자리를 찾았다는 사실이 기뻤고 이 사실을 얼른 가족들에게 말하고 싶을 뿐이었다. 심지어 버스 기사의 난폭운전에도 관심 없었다.

어느덧 1시간이 지나 정류장에 도착했다. 버스에서 내려 가장 가까운 큰 골목으로 들어갔다. 완만한 경사를 천천히 걸어 올라갔다. 양옆으로 줄지어 있는 주택과 상가 건물들이 이른 저

녁시간 거리를 환하게 밝혔다. 문이 활짝 열린 치킨집과 술집의
야외 테이블엔 손님들로 채워져 있었고 가족 단위의 사람들은
저녁거리를 여유롭게 즐기고 있었다.

집으로 가는 내내 콧노래를 흥얼거렸다. 심지어 자신이 그런
행동을 했는지 인지조차 못할 정도로 저절로 콧노래가 나왔다.
그만큼 모든 것이 만족스러웠다. 새로운 직장인 '여우별'도, 그
곳의 사장도, 집으로 가는 북적이는 길도. 이 기분을 오래 기억
하고 느끼기 위해 저녁 공기를 콧속으로 깊이 마셨다가 뱉었다.

"세아야."

앞집 아주머니가 세아를 반갑게 불렀다.

"안녕하세요."

세아가 밝고 공손하게 인사했다.

"어디 갔다 오니?"

"아르바이트하고 와요. 아주머니는요?"

"열 가지 이야기. 그곳으로 자꾸 오라고 해서."

"아, 골목 입구에 있는 술집이요?"

"응. 근데 얼마 전에 아르바이트하던 곳 문 닫았다고 하지 않
았어?"

"그랬는데요. 오늘 새로운 곳에서 일 시작했어요."

"그래? 얼마 전에 요 앞 편의점 면접 떨어졌다고 우울해하고 그러더니 잘 됐네."

"네. 정말 다행이에요."

"그곳 사장이 원래 사람 볼 줄 몰라. 매번 이상한 애들 뽑아서 문제만 일으키잖아. 차라리 잘 된 거야."

"그러게요. 역시 좋은 일이 있으려고 그랬나 봐요."

세아가 해맑게 웃었다.

"이렇게 웃으니까 좋네. 그럼 들어가."

"네, 재밌게 노세요."

아주머니와 헤어진 세아가 다시 집을 향해 걸었다. 여전히 완만한 경사가 앞에 펼쳐졌다. 이 동네로 이사 온 지 2년이 다 되는 동안 이 길을 거의 매일 오르내렸다. 세아는 그다지 힘들다고 생각한 적이 없었다. 경사가 별로 심하지 않은 이유도 있었지만 오히려 운동이 된다며 세아는 좋아했다.

그녀가 다니던 고등학교도 딱 이랬다. 여기보다 훨씬 더 경사가 심했다. 그래서 많은 학생들이 그 길을 싫어했지만 딱히 정문으로 향하는 다른 길이 없었다. 아침마다 교실에는 경사진 길에 대한 불만을 토로하는 학생들이 꼭 한 명씩 존재했다. 하지만 세아는 전혀 불만을 갖지 않았다. 단순한 성격 탓인지 남들보다 에너지가 넘친 탓인지 모르겠지만.

어느덧 갈색 벽돌로 지은 빌라 앞에 도착했다. 빌라 맞은편에서도 얼핏 볼 수 있는 101호 현관문이 유리문 너머로 보였다. 그곳이 그녀가 사는 집이다. 건물 안으로 들어갔다. 유리문을 넘어가 3단 짜리 짧은 계단 위를 오르자마자 101호 현관문이 그녀 앞에 나타났다. 벨을 눌렀다. 얼마 뒤 현관문이 스르르 열렸다.

"우리 딸 왔어?"

엄마가 반갑게 세아를 맞아 주었다.

"갑자기 아르바이트한다고 해서 엄마 당황했어."

"놀랐지? 미안."

세아가 혀를 삐죽 내밀고 웃으며 현관을 지나 안으로 들어갔다. 좁은 거실 바닥엔 인형과 눈알들이 펼쳐져 있었다.

"딸 왔어? 고생했네."

거실에 앉아 작업에 열중인 아빠가 딸을 향해 싱긋 웃었다. 얼마 전부터 엄마와 아빠가 인형 눈알 붙이기 부업을 시작했다. 원래 세아도 거들었지만 오늘은 갑자기 일을 시작하는 바람에 함께 하지 못한 것이다.

세아는 옷을 갈아입기 위해 방으로 향했다. 안 그래도 좁은

방 안은 통기타들과 장난감 드럼, 디지털 피아노로 발 디딜 틈 없이 좁았다. 심지어 책상 위에는 실로폰과 리코더도 있었다. 그녀는 방에 있는 내내 이 악기들로 이런저런 음악을 만들고 노래를 부르며 시간을 보냈다. 어릴 때부터 줄곧 해오던 것이다. 다만, 이곳으로 이사 온 뒤로는 노래를 조용하게 불러야 했고 악기도 살살 쳐야만 했다.

세아가 옷을 갈아입은 뒤 화장실에서 손을 씻고 거실로 나왔다. 엄마와 아빠가 TV를 보며 작업에 집중하고 있었다. 그 옆으로 가 앉았다. 익숙하게 인형에 눈알을 붙이기 시작했다.

"힘들 텐데 들어가 쉬지."

엄마가 세아를 걱정스러운 눈빛으로 바라봤다.

"하나도 안 힘들었어. 손님이 별로 없었거든."

"그래? 거기도 얼마 안 가서 망하는 거 아냐?"

"그 정도는 아니고. 포장 손님은 종종 오는데 매장 손님이 별로 없어서. 난 매장 손님 위주로 상대해야 하니까."

"손님이 별로 없는데 거기는 아르바이트생이 왜 필요한 거래?"

"매장 확장할 건데 그전에 미리 뽑은 거래. 근데 손님이 너무 없어서 양심에 찔리네."

세아가 배시시 웃으며 뒤통수를 긁적였다.

"사장은 어떤 사람이야?"

아빠가 인형에 집중하며 넌지시 물었다.

"되게 좋은 분 같아. 겉보기엔 좀 무뚝뚝한데 은근히 친절하
서. 친해지면 되게 잘해줄 것 같아."

"그럼 다행이고."

아빠가 눈알을 붙인 인형을 한쪽에 내려 두었다.

"근데 아빠랑 엄마도 밖에 나가서 바람 좀 쐬는 게 어때?"

"안 그래도 아빠랑 밖에 좀 돌아다녔어 낮에."

엄마가 두 팔을 쭉 뻗어 기지개를 켜며 말했다.

"그래? 잘했네. 앞으로 자주 그렇게 해."

세아가 마치 어린 자식의 착한 행동을 보는 엄마처럼 뿌듯해
하며 미소 지었다.

한 시간 동안의 작업을 마친 세아가 자기 방으로 들어갔다.
책상 앞에 앉아 책꽂이에서 노트를 하나 꺼냈다. 책상 위에 있
는 실로폰과 리코더를 한쪽으로 치우고 노트를 펼쳤다. 노트는
매일 그녀가 쓰는 일기장이다. 초등학생 때부터 지금까지 하루
도 빠짐없이 그날의 일을 일기장에 적었다.

세아는 오늘 있었던 일들을 빼곡히 써 내려갔다. '여우별' 유
리문에 붙인 아르바이트 공고문을 본 순간부터 일을 하면서 본

것들, 회식하면서 느낀 점들을 한 장 가득 적었다. 그러자 이유 모를 미소가 입가에 피어올랐다. 그녀는 하루 동안 보고 경험한 모든 것들이 즐거웠고 일기를 쓰는 이 순간 또 하나의 추억이 되었다.

자신이 쓴 오늘의 일기를 천천히 읽었다. 뿌듯함을 느끼며 노트를 덮고 원래 있던 자리에 다시 꽂았다. 그리고 그 옆에 있는 또 다른 노트를 꺼냈다. 책상 위에 펼쳐 놓은 이번 노트는 작곡 노트다. 이것 역시 그녀가 매일 하는 것이다. 자리에서 일어난 세아가 한쪽에 세워진 통기타 세 개 중 하나를 집어 자리로 돌아왔다. 자세를 잡은 뒤, 기타를 치기 시작했다. 요즘 그녀가 작곡에 열중하고 있는 새로운 음악이다.

7

확실히 일요일이라 그런지 거리엔 사람들로 가득했다. 게다가 만나는 곳이 공원이라 더욱 붐볐다. 대부분이 가족이거나 연인이었다. 그들은 맑은 날씨와 예쁜 공원 풍경에 만족하며 행복한 얼굴을 했다. 그 안에 제호의 아내와 딸 수미가 있었다. 다른 점이 있다면 아내만큼은 어두운 표정을 한 채 가만히 앉아서 제호를 기다렸다는 것이다.

제호가 저 멀리서 벤치에 앉아 있는 두 사람을 발견했다. 평소 절대 늦지 않지만 오늘따라 늦잠을 잔 탓에 조금 늦고 말았다. 전날을 이래저래 정신없이 보낸 탓이 분명했다. 약속 시간을, 그것도 딸과의 약속 시간을 절대 어길 제호가 아니었다. 그렇기에 그는 마음이 안 좋았다.

두 사람이 있는 곳으로 허겁지겁 달려갔다. 제호가 다가오자 아내와 딸이 자리에서 일어났다. 수미는 일주일 만에 만나는 아빠가 무척 반가워 연신 손을 흔들며 인사했다.

"어제 술 마셨어? 오늘따라 늦었네?"

웨이브 진 단발머리를 한 아내가 수미의 손을 잡은 채 섰다. 제호를 발견하자마자 절로 한숨을 쉬던 그녀의 눈빛이 평소보다 살짝 날카로웠다. 늦은 탓도 있지만 그것과 별개로 요즘 들어 갈수록 얼굴색이 안 좋았다.

"으, 응. 미안."

"아냐. 그래 봐야 5분인데. 아무튼 오늘도 저녁 먹기 전까진 데려와야 돼."

"알았어."

"또 지난번처럼 밤늦게 데리고 오지 말고 좀."

"알았다고."

"내일 학교 가야 되는 거 알지?"

"알았다니까."

"에휴, 믿을게. 그나저나 글은 잘 써가? 가게는?"

제호가 수미와 장난치며 못 들은 척했다. 그 의미를 알아챈 아내가 더 이상 묻지 않고 한 번 더 한숨을 뱉었다.

"간다."

제호의 등에 대고 아내가 팔짱을 낀 채 말했다.

"응, 이따 봐."

"엄마 잘 가."

아내가 수미에게 손 인사를 한 뒤 제호는 보지도 않은 채 제 갈 길을 갔다.

제호와 아내는 현재 별거 중이다. 아직 이혼한 것은 아니다. 이혼 얘기는 꺼내지도 않았다. 6개월 전 잦은 다툼에 지친 아내가 아이와 함께 집을 떠났다. 당연히 제호와 합의를 본 것이다.

소설가로서의 실패와 원치 않는 분식집 일을 하며 생긴 스트레스가 불화의 씨앗이었다. 제호는 별것 아닌 말에 툭하면 화를 냈다. 그러다 오랜 기간 꾹 참던 아내 역시 폭발하고 말았다. 결국 별거를 하며 생각할 시간을 갖기로 했다. 요즘 들어 제호는 가끔 그런 생각을 한다. 자신이 너무 예민했다고. 그러나 당장 합치기엔 서로에 대한 상처가 꽤 깊었고 현실적인 어려움도 존재했다.

이후로 매주 일요일 수미와 단둘이 시간을 보냈다. 아빠로서의 당연한 본분이다. '여우별'이 일요일마다 문을 닫기 시작한 것도 별거를 하고 나서부터였다. 이렇게 시간을 정해 놓으니 오히려 같이 살 때보다 딸과 더 많은 시간을 함께하게 되고 더 많은 추억을 만드는 것 같았다. 왜 진즉에 이러지 않았는지 하루에도 몇 번씩 후회를 하곤 했다.

"아빠 여기 구경하자."

9살 된 딸 수미가 아빠를 올려다보며 빙긋 웃었다.

"배 안 고파?"

"응. 먼저 구경하고 싶어."

"그래. 한번 돌아다녀 보자."

제호가 수미의 손을 잡고 걸음을 뗐다.

공원은 꽤 넓었고 사람들로 북적였다. 주변엔 온갖 구경할 거리와 놀거리가 있었다. 작은 바이킹과 대형 트램펄린이 아이들을 끌어모았고 아름다운 나무와 꽃들이 사람들을 설레게 만들었다. 수미 역시 다른 아이들처럼 바이킹과 트램펄린을 타고 싶다고 졸랐다. 제호는 마냥 웃으며 못 이기는 척 들어주었다.

트램펄린 위를 한참 뛰어다닌 수미가 지치지도 않는지 더 돌아다니자며 아빠의 손을 잡아끌었다. 제호 역시 이대로 돌아가고 싶진 않았다. 점심시간이지만 배가 고프지 않다면 조금이라도 더 놀아주고 싶었다. 공원의 안쪽으로 무작정 더 들어갔다. 그러자 양옆으로 크고 높은 나무가 서 있는 긴 오솔길이 나타났다. 그곳을 다른 사람들과 함께 여유롭게 걸었다. 뭔가 신비하고 기묘한 느낌의 오솔길이 사람들을 끌어당기는 것만 같았다.

어느덧 오솔길의 끝에 다다랐다. 저 앞에 높고 큰 동상이 서 있었고 주변으로 여러 사람들이 구경 중이었다. 얼른 무리 안으로 들어가 동상을 올려다봤다. 위인이거나 유명한 조각상일 줄 알았지만 전혀 아니었고 평범한 고래였다. 특별한 모습을 한 고래도 아니었다. 그럼에도 공원에 놀러 온 사람들은 자연스레 동상을 찾는 듯 보였다. 아니면 독특한 분위기의 오솔길을 좋아하거나. 아무튼 제호는 두 가지 모두에게 아무런 감흥이 없었다.

"베이컨 포테이토 피자 나왔습니다."

"드디어 나왔다."

피자가 나오자 한껏 들뜬 수미가 연신 박수를 쳤다. 수미가 좋아하는 음식이 몇 가지 있다. 피자, 치킨 그리고 아이스크림. 같이 살 때에도 음식을 시킬 때면 항상 피자와 치킨만을 외쳤다. 그래서 일주일에 한 번 만나는 요즘엔 거의 대부분 이 두 가지 음식을 먹었고 근처에서 아이스크림을 사 먹었다.

"맛있겠다."

수미가 침을 꼴깍 삼키며 한껏 기대감에 부풀었다.

"자, 여기. 천천히 호 불면서 먹어."

"응."

제호는 수미의 피자 먹는 모습에 절로 미소가 지어졌다.

"맛있어?"

제호가 수미의 입가를 휴지로 닦으며 물었다.

"응, 완전 맛있어."

"많이 먹어."

"응, 아빠도 먹어."

"알았어, 먹을게. 수미 먼저 먹어."

수미가 아빠를 향해 싱긋 웃더니 다시 피자를 베어 물었다.

제호가 수미를 빤히 쳐다봤다. 아이에게 무언가 말을 하려는 듯 입을 열었다가 다시 굳게 닫았다. 차마 입을 다시 열지 못하고 괜히 주변만 두리번거렸다. 가게 안은 외식 나온 가족들이 대부분이었다. 그들 중 산만하고 시끄럽게 구는 아이들 때문에 힘들어하는 부모들도 보였다. 수미에게선 잘 볼 수 없는 모습이었다. 지금껏 단 한 번도 이런 일로 속 썩이지 않았다.

수미를 보며 제호는 잠시 고민하다 콜라를 한 모금 마셨다. 이런저런 생각으로 복잡했다. 어떻게 말을 꺼내야 될지에 대한 고민이었다. 마치 얼마 전 세아와의 회식 때처럼. 이럴 땐 수미의 나이가 조금만 더 많았더라면 편하지 않았을까 싶어 조금 아쉬웠다. 그럼에도 묻고 싶은 마음이 간절했다. 헛기침을 한차례 한 뒤 조심스레 입을 열었다.

"수미야."

"응?"

"그게 말이야. 호, 혹시 평소에 엄마가 아빠 얘기 안 해?"

"아빠 얘기?"

"뭐, 안 좋은 얘기든 뭐든. 좋은 얘기는 안 할 거 아냐?"

"좋은 얘기는…. 안 하지."

"그, 그렇지. 그럼 나쁜 말은?"

"음, 엄마가 그러는데 아빠는 꿈을 이루지 못해 사람들과 거리를 두는 거래. 남들과 만날 때마다 그 꿈이 떠올라 화가 나고 질투하는 거라고. 맞아?"

"뭐? 그게 무슨 소리야. 아니야. 이 사람이 별소리를 다 했네."

"그래? 근데 왜 할머니도 안 만나고 엄마하고도 자주 싸웠어? 친구들도 멀리한다는데?"

"수미야, 얼른 피자 먹어."

못 본 지 고작 일주일인데 그새 아이가 성숙해진 것 같아 제호는 많이 당황했다. 엄마가 한 말이 무슨 뜻인지는 알고 말하는 건지. 제호는 괜한 걸 물어본 것 같아 크게 후회했다. 그는 아내가 어린 딸에게 쓸데없는 소릴 한 것 같아 마음이 쓰였다. 그와 동시에 평소 말에 신중하던 아내가 변한 건가 싶어 조금은 놀랐다. 잠시 생각에 잠겨 있던 제호가 처음으로 피자 조각을 들었다.

"아빠, 그래도 엄마랑 싸우지 말고 친하게 지내. 알았지?"

입을 쩌억 벌리고 피자를 안에 넣던 제호가 얼음이 되어 그대로 굳어 버렸다. 그 상태로 수미의 순수한 눈만 내려다봤다.

피자를 다 먹고 밖으로 나왔다. 슈퍼마켓이나 편의점을 갈 작정이었으나 바로 근처에 아이스크림 전문점이 새로 생겨 그리로 향했다. 주인이 상주하지 않는 대신 CCTV가 삼엄하게 감시하는 무인가게다. 안으로 들어가자 수미는 잔뜩 신나서 가게 이곳저곳을 돌아다녔다.

"하나만 골라야 돼."

"싫은데…. 진짜 하나만 골라?"

"응. 여러 개 들고 있어 봤자 어차피 다 녹아."

수미는 아빠의 단호한 표정과 말투에 금세 풀이 죽었다. 가장 먹고 싶은 한 가지를 고르느라 여러 대의 냉동고를 열었다 닫기를 반복했다. 이것저것 고민하던 수미가 한참이 걸려 간신히 초콜릿 맛 아이스크림을 골랐다. 평소에도 자주 먹던 것이다. 사실 제호는 수미가 이 아이스크림을 고를지 알고 있었다. 지금까지 10번이면 8, 9번은 같은 것을 골랐기 때문이다.

이어서 제호도 아이스크림을 고른 뒤 무인 계산기로 계산을 마쳤다. 밖으로 나와 잠시 앉을 곳을 찾았다. 몇 걸음 걷자마자 그들을 기다리고 있다는 듯 노란색 벤치가 근처에 나타났다. 두 사람이 나란히 앉아 아이스크림을 먹기 시작했다.

"맛있어?"

"응."

아이스크림을 사 먹기엔 날씨가 애매한 편이었다. 특히나 야외에서 먹기엔 조금 쌀쌀했다. 심지어 가을바람이 한 번씩 그들을 훑고 갔다. 그럼에도 수미가 워낙 아이스크림을 좋아해 그냥 먹기로 결정지었다. 동시에 아내의 잔소리가 떠올랐다. 아이스크림 하나 먹는 것에도 이런저런 고민과 걱정을 하는 게 딱 제호다웠다. 까칠까칠한 수염이 구레나룻부터 아래턱까지 이어진 터프한 외모와 정반대의 성격이다. 진짜 모습을 손님들은 모를 거다. 무뚝뚝한 태도로 서빙을 하며 자신의 본모습을 숨겨왔으니까.

"수미야, 엄마 아직도 일 다니지?"

"응. 보험설계사. 맞지?"

"맞아. 저기, 수미야."

"응?"

"다음에 볼 때에도 엄마가 아빠에 대해 얘기하는 거 있음 다 말해줘. 알았지?"

"응. 기억나면."

"그, 그래."

제호가 멍하니 앞을 보며 한숨을 쉬었다. 수미에게 이런 부탁을 하는 자신이 무척 한심하게 느껴졌다.

"아빠."

"응?"

"아빠가 만든 떡볶이 먹고 싶어. 안 먹은 지 너무 오래됐잖아."

"떡볶이? 아아, 그거 먹지 마. 맛없어. 세상에 맛있는 떡볶이

가 얼마나 많은데 그걸 먹어."

"그래? 그래도 궁금한데…."

그들 앞으로 버스가 쌩하고 지나갔다. 제호는 코를 훌쩍이며 아이스크림을 한 입 베어 먹었다.

8

평일의 오후 네 시는 언제나 비슷했다. 수업을 마친 여중생들이 와서 자리를 채웠다. 무슨 할 얘기가 그리 많은지 1시간이 넘도록 일어나지 않았다. 그로 인해 이후 오는 매장 손님들을 받지 못했다.

제호 입장에서 아쉽긴 하지만 눈치를 준 적은 단 한 번도 없었다. 30%를 받는 것이 중요하긴 했어도 장사 자체에 미련이 없는 그였다. 거기에 매출의 대부분은 포장 손님들이었다. 처음 '여우별'을 열었을 때부터 지금까지 줄곧 그래왔다. 매출이 줄거나 느는 것도 포장 손님이 중요했다. 그로 인해 매장에서 시끄럽게 떠드는 학생들에게 신경 쓰지 않을 수 있었다.

제호가 벽에 걸린 시계를 봤다. 네 시가 다 되었다. 얼마 안 있으면 근처 중학교에서 수업을 마친 학생들이 올 것이다. 특히 매일 오는 그 삼총사가. 그들은 항상 첫 번째로 이곳을 찾았다. 올 때도 특유의 카랑카랑한 웃음소리로 멀리서부터 자신들이 왔음을 알렸다. 그러면 제호는 일찌감치 자리에서 일어났다.

"하하. 진짜?"

역시나 저 멀리서 그들의 목소리가 들렸다. 멍하니 창밖을 보던 제호가 느릿느릿 자리에서 일어났다. 매장 안쪽을 살폈다. 세아가 테이블 위를 정리하고 있었다. 방금 전에 대학생 정도로 보이는 커플이 떡볶이를 먹고 갔다.

"안녕하세요."

삼총사가 '여우별' 안으로 들어오며 제호를 향해 손을 흔들어 인사했다. 제호는 언제나 그렇듯 고개만 살짝 끄덕이며 무미건 조하게 인사를 받았다. 삼총사는 언제부터였는지 제호를 향해 고개를 꾸벅이며 공손하게 인사하는 대신 친구를 만난 것처럼 손을 흔들었다. 다행히 제호는 그들의 행동에 별로 신경 쓰지 않았다. 그저 빨리 나가주기만을 바랐다.

"토요일에 봤던 그 언니다. 안녕하세요."

"응, 안녕."

세아가 설거짓거리를 들고 조리실 안으로 들어왔다. 설거짓

거리를 싱크대 안에 넣고 다시 나가 학생들이 앉은 테이블로 향했다. 굳이 그렇게 하지 않아도 된다. 어차피 이들은 크게 소리치며 원하는 메뉴를 주문할 것이니까. 아직 그들을 파악하지 못한 것인지 적극적인 성격 때문인 건지 그녀는 빠르게 삼총사 곁으로 갔다.

"떡볶이 3인분이요."

"그래."

세아가 제호에게 와 주문 받은 것을 말해주었다. 제호는 이미 들어 알고 있었지만 처음 들은 것처럼 알았다며 대답해 주었다.

"언니 웃는 거 진짜 예쁘다."

"그러게."

삼총사의 말대로 세아의 웃는 얼굴은 예뻤다. 단순히 예쁘기만 한 것이 아니라 그 웃음을 얼굴에 항상 탑재했다. 별것 아닌 말에도 쉽게 미소를 지었고 심지어 눈만 마주쳐도 입가엔 작은 미소가 걸렸다. 그래서인지 손님들은 세아를 무척 좋아했다. 그것은 절대 인위적으로 만든 것이 아닌 그녀의 진짜 모습이었다. 물론 손님을 상대하기 위해 일부러 웃음을 짓는 것도 서빙하는 입장에서 좋은 습관일 것이다.

아이들의 칭찬을 들었는지 못 들었는지 세아는 싱크대 앞에 서서 설거지를 시작했다. 그녀는 뭐든 열정적으로 한다. 이번에도 그랬다. 미간에 힘을 잔뜩 준 상태로 뽀득뽀득 소리를 내며 설거지를 했다. 성심성의껏 일을 하는 그녀의 모습을 보며 제호는 정말 특이하다고 생각했다. 동시에 대단해 보였다. 자신은 저러지 못하니까. 적어도 요즘의 그는 그랬다. 사실 열정과는 동떨어진 삶을 산 지 꽤 오래되었다.

"사장님."

"응?"

창밖을 보던 제호가 고개를 돌려 세아를 봤다. 세아는 무슨 일이라도 일어난 것처럼 한껏 진지한 표정을 짓고 있었다.

"제가 토요일하고 오늘 해보면서 느꼈는데요."

"뭘?"

"손님이 별로 없네요?"

"느꼈다는 게 그거야?"

"네. 뭐가 문제일까요?"

"몰라. 알았으면 진즉에 고쳤겠지."

"혹시 홍보가 덜 된 거 아닐까요?"

"홍보? 여기서 무슨 홍보가 더 필요해. 어차피 손님들은 뻔한데. 동네 사람들이거나 주변 상인들 정도야. 뭐, 가끔 큰길에 있는 회사 직원들 정도? 아무튼 절대 멀리서부터 일부러 찾아오는 손님은 없어. 이 골목 다른 가게들도 사정은 마찬가지고. 그러니까 신경 안 써도 돼."

"그래도 모르잖아요. 제가 인터넷에 글도 쓰고 전단지도 돌릴까요?"

"전단지? 그거 만드는 것도 다 돈이야. 됐어."

"진짜 사장님이 괜찮다고 하시면요?"

"진짜 사장님? 에휴, 그래, 알았다. 내가 한 번 물어볼게. 이제 그런 건 신경 끄고 떡볶이나 쟤네 줘."

"네…."

세아가 시무룩해하며 떡볶이가 든 접시를 받았다.

"난 잠시 나가 있을 테니까 일 생기면 전화해."

"네."

제호가 앞치마를 벗고 가게를 빠져나왔다. 코로 맑은 공기를 들이마셨다 후 뱉자 기분이 조금이나마 좋아진 듯했다. 고작해야 몇 발자국 차이인데도 불구하고 공기가 다르게 느껴졌다. 이 것이 진짜인지 아니면 기분 탓인지는 모르겠지만 말이다. 곧바로 몸을 돌려 '여우별'이 있는 건물의 옥상으로 향했다.

난간에 기댄 채 주머니에 있는 담배를 꺼냈다. 불을 붙이자 연기가 피어올랐다. 그 움직임을 따라 고개를 들었다. 맑은 하늘과 그곳을 떠다니는 구름이 보였다. 이번에는 구름의 모양이 비행기 같았다. 제호는 종종 비슷한 모양을 억지스럽게 찾곤 했다.

전날 수미와 함께 했던 것이 떠올랐다. 슬며시 입가에 미소가 지어졌다. 일요일마다 딸 수미를 만나는 것이 제호에겐 유일한 낙이다. 그마저도 없었다면 그는 지금 어떻게 됐을지 상상할수 없었다.

퇴근까지 1시간 남았다. 5시 퇴근이 당연해진 지 오래다. 다시 9시 30분까지 근무하려고 생각하니 아찔했다. 초창기엔 영업시간을 정확히 지키며 근무했었다. 그 당시엔 어떻게 그 시간까지 근무했었는지 신기할 따름이다. 그때라고 의욕이 넘치던때도 아니었다. 그저 한 달을 버틴 것이다. 이후부터 마음대로 퇴근했다.

도대체 진우가 뭘 믿고 이 가게를 맡겼는지 제호는 아무리 생각해도 이해할 수 없었다. 사실 그도 내막은 어느 정도 알았다. 진우의 친구들 중 가장 한가한 사람이 제호였다. 가게는 이곳에 차리고 싶고 본인은 대부분 다른 음식점에 있어야 하니 제호에게 '여우별'을 맡겼던 것이다. 그리고 진우도 분명 알고 있었다. 열심히 하나 안 하나 매출이 매번 비슷하다는 것을. 어차피 다른 지역에 있는 음식점이 그에겐 메인이었다. '여우별'은 손해만 보지 않는 수준이면 충분했다. 덕분에 제호가 마음대로 운영할 수 있었던 것이다. 물론 이러한 이유들이 있다 해도, 친구들에게 딱히 보여준 게 없다고 생각한 제호는 진우의 선택이 여전히 의아했다.

담배를 바닥에 휙 던지고 신발로 비벼 껐다. 마음 같아선 옥상에서 1시간을 버티고 싶었지만 차마 그럴 순 없었다. 오히려 세아가 근무하기 시작한 뒤로 매장에 돌아오는 시간이 빨라졌다. 눈치가 보였던 걸까. 한숨을 후 뱉자 마지막 남은 연기가 둥둥 떠서 올라갔다.

터덜터덜 계단을 내려와 1층에 도착했다. 주머니에 손을 빼 문을 열고 들어갔을 때 세아가 안 보였다. 고개를 쭉 내밀어 안을 살폈다. 삼총사가 앉은 테이블에 세아가 함께 하고 있었다. 다른 테이블에 손님이 없었기에 가능했지만 포장 손님을 생각하면 잘못된 행동이다. 그렇지만 제호는 아무 말 없이 조리실로 들어갔다.

의자에 앉았다. 어차피 더 이상의 손님은 안 올 듯 보였다.

두 눈을 지그시 감고 창 너머 들어오는 희미한 바람을 얼굴로 맞았다. 무언가 모를 편안함이 느껴졌다. 마치 엄마 다리에 누워 자고 있는 것처럼.

"남자 친구 있어?"

세아의 목소리가 들려왔다.

"저희는 없고. 얘는 있어요."

두 친구가 뿌까머리 학생을 지목하며 배시시 웃었다.

"사귀는 거 아니라고."

"맞잖아. 우리 다 봤어. 얼마 전에 선물 주는 거."

"선물 아니야. 선생님이 걔가 놓고 갔다고 주라고 한 거야."

"아닌 것 같은데."

까르르 웃는 학생들을 보며 세아가 미소 지었다.

"근데 너희들 5시 되면 일어나잖아. 어디 가는 거야?"

"학원이요. 지겨워."

"힘들겠다."

"그러니까요. 으휴, 가기 싫어."

제호도 들으며 학생들에게 공감했다. 그도 아침마다 같은 마음이다.

"언니 대학생이죠?"

"아, 나? 음, 잠깐 다니다가 자퇴했어."

"왜요?"

"등록금이 너무 비싸서."

"아, 그래서 아르바이트하는구나. 무슨 과였는데요?"

"실용음악과."

"실용음악과? 노래해요?"

"응. 노래도 하고 기타도 치고 직접 곡도 쓰는 뮤지션이 꿈이라서."

"우와, 멋있다."

"너희는 장래희망이 어떻게 돼?"

"전, 수의사요."

"저는 패션 디자이너."

"난 뭐하지? 딱히 없는데."

"그렇구나. 뭐, 나도 잘은 모르는데, 누가 그러더라고. '하고 싶은 것'보다 '되고 싶은 것'이 우선이래."

제호가 세아의 말에 귀를 기울였다.

"무슨 말이에요?"

"'되고 싶은 사람'이 먼저고 '하고 싶은 것'은 그것을 뒷받침해 주는 조력자 같은 거지. 그 말이 난 되게 좋더라고."

"그럼 언니는 어떤 사람이 되고 싶은데요?"

"난… 사람들에게 에너지를 주는 사람이고 싶어. 긍정의 에너지를. 그것을 내가 좋아하는 음악으로 이루고 싶은 거고. 될지는 모르겠지만."

제호가 세아의 꿈을 들으며 팔짱을 꼈다.

"오 멋있다. 그럼, 난 뭐하지. 아 그래, 난 돈 많은 사람이 될래. 히히."

"나도."

"나도."

아이들과 세아가 즐거워하며 크게 웃었다. 그들의 희망에 찬 모습을 보며 제호가 쓴웃음을 지었다. 얼마 전 회식 자리에서의 상황이 떠올랐다. 당시에도 멋진 미래를 꿈꾸던 세아에게 냉엄하면서 현실적인 한마디를 전하려다 간신히 참았다. 꿈은 꿈일 뿐이라는 둥, 세상은 그렇게 만만하지 않다는 둥. 이번에도 애써 떠오르는 말들을 꾹 눌러 담았다.

지이이이잉.

제호의 휴대폰이 주머니에서 마구 움직이며 허벅지를 간지럽혔다. 꺼내 확인한 제호가 미간을 살짝 찌푸렸다. 발신인은 여동생이었다. 다시 주머니에 넣었다. 얼마 안 되어 전화가 끊졌다. 자리에서 벌떡 일어나 퇴근 준비를 서둘렀다. 어차피 학생들이 떠나는 5시가 얼마 안 남았다. 미리 치울 건 치우기로 마음먹고 분주히 움직이기 시작했다.

한창 바쁘게 움직이는 그때, 휴대폰이 또 울렸다. 이번엔 짧고 굵게 진동했다. 꺼내 보았을 때 카카오톡 메시지가 하나 와 있었다. 이번에도 여동생이었다.

야, 엄마 병원에 입원하셨다. 와라.

여동생의 메시지에 제호의 얼굴이 순식간에 잿빛이 되었다.

9

"깜빡했네. 문 열어줘요 기사 양반."

등이 살짝 굽은 백발의 할머니가 짐을 들고 헐레벌떡 자리에서 일어났다. 출발하던 버스가 멈추고 닫혔던 하차 문이 다시 열렸다. 모두의 관심을 한 몸에 받은 할머니는 자신이 낼 수 있는 최고의 속도를 내며 버스에서 내렸다.

얼마 뒤, 버스가 다시 출발했다. 버스 안은 평일의 오후여서 그런지 승객 대부분이 할머니들이었다. 중간중간 중년의 주부들도 여럿 눈에 띄었다. 그들은 근처에 있는 시장에서 장을 보고 집으로 돌아가는 길이다. 장바구니에는 음식 재료들이 가득 들어 있었다.

할머니가 버스에서 내리는 모습을 보던 제호가 창밖으로 시선을 돌렸다. 거리는 한산했다. 지나는 차들도 사람들도 그리 많지 않았다. 대신 가을바람에 살랑살랑 흔들리는 나뭇잎이 눈에 더 들어왔다. 길을 걷다 가끔 나무를 볼 때에야 계절을 깨닫곤 했다. 자연의 변화를 눈으로 보거나 몸으로 느낄 때에야 비로소 지금이 무슨 계절인지 몇 월인지 알 수 있었다. 그만큼 하루하루가 똑같았고 세월의 변화에 무관심했다.

하지만 오늘은 평소와 다른 하루를 시작했다. 아침에 일어나는 시간도 달랐고 준비를 마친 뒤 가는 목적지도 달랐다. 평일임에도 오랜만에 가게 문을 닫고 간 곳은 병원이었다. 엄마가 전 날 오전 길에서 넘어져 골반을 크게 다쳤기 때문이다. 곧바로 병원에서 수술을 마치고 입원했다. 다행히 수술이 잘 되어 오늘 저녁에 퇴원할 수 있었다. 앞으로 재활을 꾸준히 해야 하지만 수술이 잘 되었다는 소식에 안도의 한숨을 쉬었다. 제호는 퇴원하기 전 미리 병원에 가 퇴원 수속을 밟고 엄마가 사는 집까지 함께 가기로 했다.

엄마와 여동생을 만나는 게 얼마 만인지. 기억을 더듬었다. 한참을 생각한 뒤에야 깨달았다. 벌써 6개월째 만나지 않았다는 사실을. 사는 곳이 멀다면 별거 아닌 시간일 수 있겠지만 실제로는 그렇지 않았다. 엄마와 여동생이 사는 집을 가려면 지하철을 타고 다섯 정거장을 간 뒤 버스를 타고 여섯 정거장만 더 가면 된다. 총 1시간 15분이 걸린다. 가족을 보러 가는 거리로는 그리 멀지 않았지만 그는 찾지 않았다. 심지어 연락도 잘 안 받았다. 전화나 메시지가 와도 대부분 못 본 척했다. 딱히 하고 싶은 말이 없었다.

지금 가는 대학병원은 모녀가 사는 집보다 버스로 세 정거장 덜 가는 곳에 위치했다. 집에서 출발해 1시간이면 도착한다. 그럼에도 아침 일찍 일어나 출발하지 않고 느릿느릿 일어나 점심까지 가볍게 먹고 집을 나왔다. 전날 통화에서 수술이 잘 됐다는 말을 듣지 않았다면 다급히 출발했을 것이다. 게다가 여동생이 회사 출근도 하지 않고 붙어 있을 것이란 말에 그나마 마음이 놓였다.

"이번 정류장은 ○○ 대학 병원 앞 정류장입니다."

정신이 번쩍 들었다. 옆에 붙어있는 벨을 급히 누른 뒤 하차 문 앞에 섰다.

병원 로비는 생각보다 많은 사람들로 북적였다. 휠체어를 탄 환자, 링거를 꽂고 다니는 환자, 거기에 걱정이 가득한 보호자들까지. 대부분이 입원이나 퇴원 수속을 하고 있었고 몇몇은 중앙에 위치한 TV를 보고 있었으며 또 몇몇은 한쪽에 위치한 편의점과 카페로 향했다. 1년 전 딸 수미가 병원에 잠시 입원했을 때 봤던 그 광경 그대로였다. 익숙해지고 싶지 않지만 벌써 익숙해져 버렸다.

입원실이 어디인지 알고 있어 곧바로 엘리베이터 앞에 섰다. 얼마 안 되어 1층에 도착한 엘리베이터 문이 열렸다. 우르르 사람들이 내렸다. 가장 먼저 타자 뒤이어 사람들이 올라탔다. 자연스레 맨 뒤로 간 제호가 간신히 3층을 누르고 섰다. 그 앞에는 환자들과 보호자들 그리고 의사들이 있었다. 그중 엄마와 비슷한 나이로 보이는 환자에게 시선이 향했다. 휠체어를 탄 환자는 무척 표정이 어두웠다. 몸이 아파서일까 아니면 다른 이유가 있는 것일까. 평소라면 관심을 갖지 않았겠지만 이 순간만큼은 몹시도 궁금했다.

띵동.

엘리베이터가 2층을 지나 3층에 도착했다. 공교롭게도 엘리베이터 안에 있던 사람들 대부분이 이곳에서 내렸다. 제호도 그들을 따라 엘리베이터를 벗어났다. 양쪽으로 쭉 뻗은 복도에 서서 두리번거렸다. 가장 가까운 두 개의 문을 보니 오른쪽으로 가는 것이 맞아 보였다. 두 개 중 왼쪽 문은 306호였고 오른쪽 문은 305호였다.

끝까지 가자 옆에 301호가 나타났다. 그 안으로 침대에 누워있는 엄마와 접이식 보호자 침대에 앉아있는 미호가 보였다. 가장 끝에 위치한 모녀를 향해 걸어가자 미호가 고개를 돌렸다.

"왔어?"

못마땅한 얼굴로 쳐다보며 미호가 말을 걸었다.

"왔니?"

엄마가 희미한 미소를 지었다.

"응."

"오빠야 너 안 올 줄 알았는데."

"어떻게 안 와. 어때? 괜찮아? 의사가 뭐래?"

"응. 괜찮아. 재활만 잘 받으면 된대."

엄마가 제호를 안심시키기 위해 노력했다.

"그럼 다행이네."

"오늘 그럼 퇴원할 때 같이 가는 거야?"

"응."

제호가 엄마의 물음에 대답하며 미호 옆으로 가 앉았다.

"일어나. 나가게."

제호가 앉는 것과 동시에 미호가 일어났다. 그러더니 멍하니 있는 제호를 넘어서 접이식 침대를 벗어났다.

"잠깐 나가자고."

미호가 한마디 더 하더니 병실을 빠져나갔다. 제호도 급히 일어나 엄마에게 나갔다 오겠다는 말을 한 뒤 동생을 따라갔다.

건물을 빠져나온 두 사람은 좀 더 걸어 아예 병원 밖으로 나 갔다. 담장 앞으로 가 나란히 선 두 사람이 건너편에 있는 약국 과 죽 전문점을 가만히 바라봤다.

"사람들 많네, 저기."

제호가 고개를 이리저리 움직이며 사람들로 북적이는 약국 과 죽 전문점을 유심히 살폈다.

"병원 앞이잖아."

"그러니까 말이야. 자리 잘 잡았네."

"왜? 부러워? 분식집 장사가 잘 안되나 봐?"

"부럽기는."

"그래? 근데 왜 나한테 빌린 돈 안 갚아?"

"응?"

"벌써 1년이 다 된 것 같은데. 아닌가?"

미호가 난처해하는 제호를 슬쩍 보며 씨익 웃었다.

"아, 그 300만 원? 걱정 마. 곧 갚을 거니까."

"그거 때문에 연락 피한 건 아니지?"

"말 같지도 않은 소리 마."

"아님 말고."

제호도 자신이 돈 때문에 피했던 건 아닌지 의심이 들었다. 하지만 분명히 그건 아니었다. 자신 있게 말할 수 있는 사실이다. 돈을 빌린 때와 연락을 끊은 때의 간격이 꽤 있었다. 그리고 무엇보다 300만 원 때문에 혈연관계를 끊을 정도로 속물은 아니었다.

"아침에 새언니가 잠깐 들렀다 갔어."

"그래?"

"어떻게 할 거야? 경험자로서 말하는데 가능하면 이혼하지 마. 그리고 언니 좋은 사람이야."

제호는 아무 말도 할 수 없었다. 이 순간 기억나는 것은 딱 하나뿐이다. 담배. 그가 외투 주머니에 손을 넣어 담뱃갑을 꺼냈다. 그러자 미호가 손을 척 내밀었다. 달라는 신호다.

"뭐야? 아직도 담배 안 끊었어?"

제호가 홀린 듯 미호의 손가락 사이에 담배를 끼워 주었다. 미호가 입에 담배를 물고 가만히 있자 알아서 불도 붙여 주었다.

"오빠야 네가 내 담배 처음 본 게 나 고등학교 2학년 때였나?"

"응. 그때 엄마, 아빠한테 안 이른 거 고맙게 생각해라."

"고맙긴. 대신 내 담배 맨날 뺏어가 피웠잖아. 그때 얼마나 짜증 났는지 알아?"

"그 정도 대가는 치러야지 인마. 그리고 무슨 맨날이야, 맨날 은. 나 술 먹으러 갈 때만 빌려 간 건데. 그나저나 담배 끊은 거 아니었어? 그렇게 기억하는데?"

"끊었었지. 어차피 처음 핀 거는 애들 따라서 겉멋으로 핀 거 였으니까. 정신 차리고 바로 끊었지."

"근데 왜 또 펴? 또 이상한 친구들 만나냐?"

"내가 애냐? 에휴 뭐랄까, 이혼의 아픔이라고나 할까? 훗, 작 년에 이혼하고 그때부터 다시 피기 시작했지. 팍팍한 삶이 담배 를 못 끊게 만드네. 오빠야 네는?"

"나도 마찬가지다. 이거 없으면 못 산다 이제. 그만 의지해야 되는데."

"그래, 이해한다. 원래 힘들게 사는 사람일수록 더 많이 핀다더라. 너나 나나 둘 다 사는 게 이 모양 이 꼴이니 뭐."

두 사람은 담배 연기를 후 뱉으며 서로 반대 방향을 쳐다봤다.

10

제호가 숨을 헐떡이며 농구공을 튕겼다. 그 앞에는 진우가 여유로운 미소를 지으며 수비할 태세를 갖추었다. 이미 지칠 대로 지친 제호는 드리블로 치고 들어갈 자신이 없었다. 고개를 들어 골대를 봤다. 처음에는 코앞에 있던 골대가 이젠 저만치 멀게 느껴졌다. 절대 뛰어 들어갈 수 없음을 깨닫고 슛을 쏘기 위해 자세를 바꿨다. 가볍게 심호흡을 한 뒤 점프를 했다. 공을 손에서 가볍게 날렸다.

펑.

이미 제호의 의도를 간파한 진우가 똑같이 점프해 공을 쳐냈다. 바닥을 쿵쿵대며 튕기던 농구공이 옆에 있는 벤치 다리에 부딪치며 멈췄다. 그와 동시에 제호가 바닥에 철퍼덕 앉아 숨을 급하게 쉬었다. 얼마 뒤, 농구공이 그들 곁으로 또르르 굴러왔다.

"힘들어?"

진우가 제호를 내려다보며 웃었다.

"넌 안 힘드냐?"

"그러니까 운동을 하라고 나처럼."

"운동은 무슨…."

제호가 여전히 숨을 헐떡이며 겨우 말했다.

"내가 안 불렀으면 오늘도 그냥 집에 있었겠네?"

"당연하지. 퇴근하면 집에 있지 뭐 하겠어? 왜 불러 가지고."

"사장님이 퇴근 일찍 하라고 불러내면 감사합니다, 해야지."

"지랄."

제호가 끙끙대며 일어나 터덜터덜 벤치를 향해 걸었다. 진우도 피식 웃으며 그를 뒤따라갔다. 자리에 앉은 제호가 입을 헤 벌린 채 멍하니 하늘만 바라봤다. 최근 들어 이렇게 몸이 힘든 것은 처음이었다. 운동이란 것 자체가 언제 마지막이었는지 까마득했고 몸 쓰는 어떤 일도 하지 않았으니 힘든 게 당연했다. 그에 반해 진우는 틈틈이 운동을 했다. 워낙 공 가지고 하는 운동을 좋아해 축구와 농구 동호회도 하나씩 들었고 헬스장도 일주일에 3회씩 꼬박꼬박 가 일대일 트레이닝을 받았다. 그래서 그런지 체격이 작은 진우였지만 훨씬 체력도 좋고 몸도

단단했다.

푸른 하늘이 얄궂은 것은 오랜만이었다. 틈만 나면 하늘을 올려다보는 제호는 맑고 깨끗한 하늘과 그 위를 유유히 떠다니는 구름을 볼 때 이상한 기쁨을 느끼곤 했다. 특히 구름의 자유로움에 한참을 눈을 떼지 못하는 편이었다. 하지만 지금은 그 무엇도 느낄 수 없었고 도리어 눈치 없는 날씨가 미웠다.

"그러니까 운동 좀 하라니까."

진우가 제호 옆에 앉으며 잔소리를 이어갔다. 제호는 아무런 대꾸도 하지 않고 여전히 하늘만 초점 잃은 눈으로 봤다.

"어렸을 땐 네가 키도 크고 해서 농구하면 잘했는데. 이젠 뛰지도 못하네. 물론, 어렸을 때도 운동 신경이 그리 좋아 보이진 않았지만."

"운동 신경? 그건 너보다 더 좋았어."

제호가 발끈했다. 적어도 학창 시절엔 운동을 좋아했고 나름 잘했던 것으로 기억하기 때문이다. 그는 점심시간만 되면 축구나 농구를 하러 운동장으로 나가 반 아이들과 즐기곤 했다. 운동과 담쌓고 지내는 지금은 상상도 할 수 없는 모습이지만.

"그건 네가 공 가지고 하는 운동을 좋아하고 많이 해서 그나마 그 정도 한 거지. 운동 쪽으로 재능은 별로 없었어. 축구 실력은 더 가관이야. 그리고 야, 너 발도 느리잖아."

진우가 쏘아붙이자 제호는 어처구니가 없다는 듯 헛웃음을
쳤다.

"하, 과거를 이렇게 왜곡하네."

"왜곡은 무슨. 내기해 보든가."

"내기? 어떻게?"

"애들한테 물어보는 거지."

"… 됐어."

"쳇. 이제야 인정하는 거냐?"

"그게 아니고…."

"알아. 애들하고 연락도 좀 하고 살아라. 뭘 그렇게 피해 다
니냐. 신비주의야?"

"피하긴. 다들 바쁘니까 연락 안 하게 되는 거지 자연스럽게.
그런 넌 해?"

"응, 가끔 해. 애들도 네 근황 묻는다. 궁금한가 봐. 나중에 다
같이 한 번 보자더라."

"그러든가."

제호가 자리에서 벌떡 일어났다. 지칠 대로 지쳐 아무 힘이
없음에도 듣기 싫은 얘기를 피해 어딘가로 움직였다. 진우도 농

구공을 들고 급히 따라 일어났다.

"어디가?"

"편의점."

다행히 근처에 편의점이 있었다. 안으로 들어가니 확실히 시원했다. 특히, 업소용 음료 냉장고를 열자 한기가 훅 나와 몸을 덮쳤다. 덕분에 땀이 빠르게 식는 기분이 들었다. 마음 같아선 잠시 냉장고 안에 들어가 온몸의 열을 다 식히고 싶을 지경이었다.

음료수 캔 두 개를 양손에 들고 계산대로 향했다. 가는 동안 진우가 진열대에 있는 과자를 유심히 보더니 두 개를 챙겨서 계산대 위에 툭 내려놓았다. 음료수 캔의 바코드를 찍던 아르바이트생이 과자 봉지의 바코드도 찍고 계산할 금액을 확인했다.

"4,500원입니다."

"이건 네가 계산해라."

진우가 음료수 캔 두 개와 과자 봉지 두 개를 끌어안고 나가며 제호를 향해 능글맞게 웃었다. 제호는 대꾸도 하지 않고 휴대폰 케이스에 있는 카드를 꺼냈다. 카드 단말기에 카드를 꽂으려다 말고 아르바이트생 뒤에 있는 담배들에 시선을 뺏겼다. 이틀 전 동생 미호와의 대화가 불쑥 생각났다.

"꽉꽉한 삶이 담배를 못 끊게 만드네."

이번에도 제호는 '말보로 레드'를 외쳤다.

계산을 마치고 밖으로 나와 파라솔 테이블에 앉았다. 진우는 다리를 꼬고 앉아 음료수를 한 모금 들이켰다. 탄산이 목을 타고 넘어가는 것에 만족하면서도 맥주가 생각났다. 하지만 이곳까지 차를 운전하고 와 포기해야만 했다. 그러지 않았다면 지금이라도 들어가 맥주를 샀을 것이다. 진우는 술을 잘 마시기는 하지만 좋아하는 편은 아니었다. 그럼에도 운동 후에 마시는 술은 언제나 달콤했다. 심지어 헬스를 시작한 뒤로는 운동을 마치고 집에 와 맥주부터 찾았다. 그때만 느낄 수 있는 특별한 기분이 있다고 그는 생각했다.

제호도 캔을 따서 음료수를 한 모금 마셨다. 드디어 답답했던 속이 뻥 뚫리는 느낌이 들었다. 목이 무척 말랐다. 안 하던 운동을 한 탓에 땀으로 목욕을 한다는 표현이 어울릴 정도로 땀을 많이 흘렸고 지쳐 있었다. 어떤 종류의 수분이든 섭취하고 싶었다. 냉장고 안에서 오랜 시간 숙성된 시원한 음료수를 마시니 날아갈 것 같았다. 그만큼 무척 힘들었다.

동시에 제호도 맥주가 생각났다. 그는 운전을 하지 않아 지금 마셔도 괜찮다. 심지어 매일 한두 캔씩 마시는 편이니 더욱 간절했다. 잠시 캔을 보며 고민하다 포기하기로 마음먹었다. 이따 집에 가는 길에 사 가는 편이 더 낫다. 어느 순간, 혼자 마시는 술이 같이 먹는 것보다 훨씬 좋았다. 사실, 술 마시는 것만이 아니었다. 혼자인 게 편해진 것은 수도 없이 많았다. TV나 영화를 보는 것도, 거리를 걷는 것도, 여행을 하는 것도 전부 혼자가 훨씬 좋았다. 어쩌면 그 점이 경제적인 문제보다 아내를 더 힘들게 만든 것은 아니었을까 그는 생각했다.

"장사는 어때?"

진우가 길 건너 어느 식당을 보며 갑자기 물었다.

"남의 가게 묻듯 물어본다."

"그런가?"

"맨날 똑같지 뭐. 너도 알 거 아냐?"

"뭐, 대충."

"이렇게 관심이 없는데 뭐 하러 차렸냐? 하, 애들은 너보고 착하다 그럴 거야 그치? 사람 하나 살렸다고."

"그렇지. 노벨평화상 줘야 한다고 하더라."

"돈 자랑하려고 가게 차린 주제에…."

제호가 마음에도 없는 말을 툭 내뱉고는 음료수를 한 모금 마셨다.

"소설은 잘 돼가?"

진우가 불쑥 질문하며 심장을 쿡 쑤셨다. 뜬금없는 물음에 하마터면 입에 머금던 음료를 뿜을 뻔했다. 간신히 음료를 마신 제호가 한참을 망설였다. 가장 듣기 싫은 말을 들어 어쩔 줄 몰랐다. 아내에게 했던 것처럼 못 들은 척을 할까, 미호에게 하던 것처럼 화를 낼까 고민했지만 그러지 않기로 했다. 오히려 가족에게 못 하는 얘기를 진우하고는 할 수 있을 것 같았다.

"잘 안돼."

"그치. 됐으면 벌써 소설이 나왔어도 몇 번은 나왔겠지."

제호는 진지한 얘기를 할 거라 생각한 자신을 원망하며 사이다를 다시 들이켰다.

"근데 집에 틀어박혀서 조용히 글만 쓰는 거 말이야. 한 번쯤 변화가 필요하지 않냐?"

"무슨 말이야?"

"아니, 혼자 그러고만 있지 말고 다른 사람들이랑 교류하면서 네 작품에 대한 평가도 좀 받아보면 좋잖아. 글 쓰다 보면 객관적인 시선이 필요할 때가 있지 않아?"

"왜? 네가 평가해 준다고?"

"에이 내가 무슨. 쓰읍. 뭐, 그것도 괜찮네. 필요하면 말해라.

신랄한 비판을 해 줄 테니까."

"그럼 뭔데?"

"아니 알아봤더니 글쓰기 모임 같은 게 많더라고. 보통 각자
자기가 쓴 글을 가지고 와서 서로 평가하는 식이래. 너도 가서
사람들한테 평가받아봐 그러고만 있지 말고. 네가 쓴 글에 대한
평가를 한 번 받아보면 좋잖아. 그래야 지금 하고 있는 게 좋은
건지 아닌 건지 알 수 있지."

"뭐?"

"원래 남들이 더 객관적으로 제대로 알아보는 경우가 많잖
아. 반대로 몰라보는 경우도 있지만, 그건 네가 자신 있으면 상
관없는 거고. 아무튼 잘 생각해 봐."

제호가 진우의 말에 처음으로 진지한 고민을 했다. 남들과의
교류에 대해서.

11

항상 함께하는 가방을 메고 빌라 건물을 빠져나왔다. 집을
나서는 게 무척 힘들었다. 분식집으로 출근할 때보다 몇만 배는

더 어려웠다. 마치 누군가가 다리를 붙잡고 놓지 않는 것만 같았다. 알고 보면 그 누군가는 다름 아닌 자기 자신이었지만.

제호는 현관문의 문고리를 붙잡고도 한참을 고민했다. 처음 '여우별'을 오픈했던 그날이 떠올랐다. 그때도 집을 나서는 게 무척 힘들었다. 어쩔 수 없이 억지로 출근해야 했다. 가족이 있으니까, 소설을 쓸 수 있으니까. 뭐든지 처음이 어렵지 그 다음은 수월하다는 것이 무엇인지 '여우별'을 운영하면서 느낄수 있었다. 그러면서도 또 다른 처음은 언제나 어려웠다. 바로, 이번처럼.

날씨가 그의 마음을 대변하는 듯했다. 오랜만에 회색빛으로 물든 하늘이 에워싸고 있었다. 그 순간에도 그는 갈등했다. 날씨를 탓하며 가지 말까. 그러나 이미 밖으로 나온 이상 되돌릴 수 없었다. 무거운 두 다리를 이끌고 걷기 시작했다.

글쓰기 모임에 대해 처음 진우에게 들었을 때 진짜로 참석하게 될 줄은 꿈에도 몰랐다. 그와 헤어지고 집에 돌아와 휴식을 취하던 중, 낮에 했던 대화가 문득 떠올랐고 인터넷에 검색을 했다. 글쓰기와 관련된 카페가 생각한 것보다 굉장히 많았다. 그중 가장 큰 카페에 가입했다. 회원 수가 만 명이 넘었다. 다른 카페의 규모는 잘 모르겠지만 아무튼 이 정도 수치면 많은 게 틀림없었다. 제호의 장편 소설 판매량보다 훨씬 많은 숫자였으니까.

가입을 마친 뒤 가장 먼저 가입 인사를 했다. 다른 것은 확인도 하지 않고 가장 먼저 지역별 모임에 대해 찾아봤다. 문제는 그 모임에 참석하려면 회원 등급이 좀 높아야 했다. 적어도 지금보다 두 단계는 더 높아야만 참석할 수 있었다. 높이는 방법은 작성 글 20개에 댓글 50개를 채워야만 가능했다. 곧바로 카페를 나왔다. 절대 불가능한 수치였다.

하지만 진우의 말이 자꾸만 떠올랐다. 글을 쓸 때에도, 맥주를 마실 때에도, 샤워를 할 때에도.

"네가 쓴 글에 대한 평가를 한 번 받아보면 좋잖아. 그래야 지금 하고 있는 게 좋은 건지 아닌 건지 알 수 있지."

사실, 혼자 방에 틀어박혀 글을 쓸 때 가장 막막한 것이 이 점이다. 내가 과연 제대로 이야기를 전개하고 있는지, 술술 읽히는 문장을 쓰고 있는지 혼자의 힘으로는 도저히 알 수 없었다. 정확히 짚어주는 심사위원이 옆에 있으면 좋겠다고 늘 생각했다. 그 심사위원이 글에 대한 대단한 지식이 있을 필요는 없었다. 또 제호와 너무 가까워 편견이 들어간 사람도 원치 않았다. 그런 상황에서 모임에 참석하는 것은 꽤 그럴싸한 방법처럼 느껴졌다.

그날 이후 틈날 때마다 카페에 들어갔다. 소설과 관련된 궁금했던 것들을 하나씩 적기 시작했다. 그리고 거기에 답을 준 댓글에 답글을 붙였다. 그러다 소설과 상관없는 글들도 읽고 쓰기 시작했다. 며칠 만에 조건을 다 채웠다. 처음엔 혹시나 하는 마음에 시작했지만 나중엔 정말 재미가 생겨 틈날 때마다 카페에 들어갔다.

조건이 충족되고 곧바로 그가 살고 있는 곳에 모임이 있는지 확인했다. 공교롭게 삼 일 뒤에 모임이 있었고 곧바로 참석하기로 마음먹었다. 물론, 그 다짐은 하루 만에 약해졌다. 마치 친구들과의 만남을 약속해 놓고 그날이 되면 가기 싫어지는 그 마음처럼.

간신히 마음을 다잡은 끝에 출발할 수 있었다. 어쩌면 처음이자 마지막 참석일 것이다. 시간을 내려면 이번처럼 하루 종일 가게 문을 닫거나 일찍 퇴근해야만 했다. 오늘은 근처 학교가 개교기념일이라는 것을 핑계로 '여우별' 문을 열지 않았고 모임에 나가기로 한 것이다. 참석할 수밖에 없는 상황들이 약속이나 한 듯 펼쳐졌다. 조건이 하나만 안 맞았어도 참석하지 않을 게 분명했다.

버스를 타고 30분이 지나 기다렸던 정류장에 왔다. 버스가 멈추고 하차 문을 통해 내렸다. 고개를 들어 하늘을 봤다. 하늘은 여전히 회색빛이었다. 기상 예보에 따르면 저녁에야 비가 온다고 하던데 아침부터 어두워지니 마음이 불안했다. 기상 캐스터의 말만 믿고 우산을 안 가지고 나와 더욱 그랬다.

일단 그런 거에 신경 쓰지 않기로 하고 주변을 살폈다. 높은 빌딩들이 숲을 이룬 빌딩 숲 한복판이었다. 빌딩 사이사이에 있는 작은 상가 건물들엔 카페와 베이커리, 음식점 등이 자리했다. 깊숙이 걸어 들어가자 얼마 안 되어 목적지가 나타났다. 2층에 위치한 카페. 잠시 한숨을 푹 쉬었다. 마지막으로 마음을 다잡고 카페로 향했다.

건물 안으로 들어가 계단을 올랐다. 앞에 유리문이 나타났다. 문을 열고 들어가 주변을 살피며 느릿느릿 걷던 제호가 걸음을 멈췄다.

저 앞에 글쓰기 모임 멤버들이 보였다. 다른 테이블은 한 명 혹은 두 명, 많아야 네 명이 최대인데 비해 한가운데 자리 잡은 이들은 무려 일곱 명이나 됐다. 그 덕분에 글쓰기 모임이라는 것을 단번에 알 수 있었다. 멤버들은 성별도 나이도 다양했다. 대학생부터 중년의 주부까지 모르는 사람들이 봤을 땐 종잡을 수 없는 조합이었다. 그런 점이 더욱 확신을 갖게 했다.

제호가 늦은 것은 아니었다. 딱 맞춰 왔지만 다들 10분씩 일찍 와서 대화를 나누고 있었다. 이것이 이 모임의 암묵적인 규칙인 듯했다. 다신 참석하지 않을 테니 제호에겐 의미 없는 규칙이었다.

"안녕하세요."

제호가 멤버들에게 다가가 쭈뼛쭈뼛 인사를 했다.

"네, 안녕하세요. 이번에 처음 참석하시는 분이시죠?"

"네."

제호가 가장 구석 자리에 앉았다. 멤버들은 제호까지 총 여덟 명으로 그들은 작가 지망생이거나 취미로 즐기는 사람들이다. 출간 경험이 있는 사람은 제호가 유일했다.

"닉네임이 '화이트 하임'?"

"네……."

제호의 닉네임은 '화이트 하임'이다. 그가 가입을 할 때 먹고 있던 과자로 별생각 없이 지은 닉네임이었다. 이렇게 남에게 직접 불리니 몹시 창피했다. 좀 더 무난한 걸로 짓지 않은 걸 후회했다.

"이번에 이주원 작가 신작 읽으셨어요?"

"안 그래도 집에 가는 길에 구매하려고."

"진짜 재밌더라고요."

대학생 정도로 보이는 남자 멤버가 이주원 작가의 신작에 대해 이야기하자 모두가 관심을 갖고 대화를 나누기 시작했다. 이후로 멤버들은 최근에 본 책부터 서점 이벤트 등에 대한 이야기를 쉴 새 없이 이어갔다. 제호는 그 안에서 단 한 번도 입을 뻥긋하지 못했다. 요즘 들어 글을 쉬엄쉬엄 쓰는 것도 모자라 독서도 게을리하고 있기 때문이다. 그런 탓에 딱히 할 수 있는 말이 없었다.

"자, 이제 시작할까요?"

"그러죠."

모임의 대표로 보이는 중년의 여성이 대화를 자연스레 중지시켰다.

"그럼 각자 준비한 작품들 꺼냅시다."

"네."

멤버 모두가 각자의 가방에서 A4용지를 꺼내 테이블 위에 올려 두었다. 제호가 준비한 것은 총 8페이지 분량의 짧은 단편이다. 꽤 오래전에 만든 단편으로 나름 만족하며 썼던 기억이 남아 있었다.

원래는 모임에 참석하기 직전까지 새로운 단편을 만들려 노력했다. 하지만 아무리 고민하고 고민해도 마땅한 이야기가 떠오르지 않았다. 결국, 포기하고 컴퓨터에 저장되어 있던 옛날 단편을 가지고 왔다.

모임 멤버 대부분도 단편 소설을 썼다. 시와 수필을 쓴 사람도 일부 있었다. 각자 자신의 오른쪽으로 준비한 작품을 돌렸다. 제호는 왼쪽에 앉은 대학생쯤으로 보이는 남학생의 작품을 첫 번째로 읽기 시작했다. 천천히 읽어 내려가던 제호의 미간이 찌푸려졌다. 잠시 고개를 들어 남학생을 쳐다봤다가 다시 글로 시선을 돌렸다.

몇 분 뒤 다시 오른쪽으로 작품을 건넸고 또 다른 사람의 작품을 읽었다. 제호가 아랫입술을 살짝 깨물었다. 한숨을 나지막이 뱉었다. 글을 읽으면 읽을수록 마음 한구석이 불편했다. 이 감정은 또 다른 멤버의 작품을 읽을 때에도 마찬가지였다.

주변을 살폈다. 모두가 종이에 들어갈 듯이 집중한 채 글을 읽고 있었다. 아주 진지하고 성의 있는 자세였다. 고개를 살짝 돌려 직장인으로 보이는 여자 멤버를 살폈다. 그녀는 제호의 단편 소설을 뚫어지게 쳐다보며 심도 있게 읽고 있었다. 너무 창피했다. 그녀에게서 종이를 홱 낚아채고 싶었다. 하지만 그럴 수 없었기에, 애써 자신이 들고 있는 종이로 시선을 돌렸다.

일곱 명의 작품을 하나하나 다 확인한 제호의 머릿속이 무척 복잡했다. 이미 작가로 데뷔한 자신보다 멤버들의 재능이 훨씬 뛰어났기 때문이다. 제호의 것보다 글이 훨씬 매끄러웠고 이야기도 종잡을 수 없는 전개로 독자인 제호를 빨아들였다. 분명 이들에게는 제호에게 없는 재능이 존재했다.

자신감이 심연 아래로 순식간에 떨어졌다. 한 바퀴를 돌아 앞에 온 자신의 단편소설을 얼른 치우고만 싶어졌다. 아니, 아예 자리를 박차고 나갈 수만 있다면 그러고 싶었다. 다들 어디서 어떻게 저런 작품을 만들어 내는지 의아했다. 왜 아직도 책을 못 냈는지, 왜 작가가 될 생각을 안 하는지 이해할 수 없었다.

그러면서 한 가지 알 수 있었다. 왜 내가 지금까지 두 번째 소설을 세상에 내놓을 수 없었는지를. 정확한 평가를 받아 더 나아지고 싶어 참석했지만 오히려 회의감과 절망감에 사로잡혀 버렸다. 과연 날 작가라고 할 수 있는 걸까.

때마침 휴식 시간이 시작했다. 다들 화장실을 가거나 삼삼오오 모여 대화를 나눴다. 지금이 기회다. 지금 이 타이밍을 놓치면 작품에 대한 신랄한 비판을 받아야 할지 모른다. 제호는 주변을 살피다 가방과 A4용지를 양손에 들고 헐레벌떡 자리를 벗어났다. 뒤에서 '화이트 하임' 씨라고 부르는 소리도 못 들은 척하며 빠르게 뛰어 내려갔다. 혹시 본명을 불렀다면 멈췄을까. 지금도 궁금하다.

건물 밖으로 나온 제호가 A4용지를 가방에 넣고 정류장을 향해 빠르게 걷기 시작했다. 한숨이 절로 나왔다. 몸속 깊숙한 곳으로부터 힘껏 꺼낸 한숨을 밖으로 토해냈다. 그럼에도 답답했다. 마음이 답답했고 상황이 답답했다. 그리고 실력에 화가 났다.

사실 제호도 느끼고 있었다. 10대와 20대 때엔 분명 감성도 충만하고 열의도 넘쳤다. 특히 세아 나이 때엔 절정에 달했다. 하지만 시간이 흐르면서 감수성이 조금씩 메말라갔고 열의도 사라졌다. 어릴 땐 알지 못했던 현실의 벽과 마주하면서 그렇게 변해 가기 시작한 것이다. 그 벽이란 재능의 한계이기도 했고, 경제적 문제이기도 했으며 내면의 부족함이기도 했다.

그 사실을 방구석에 틀어박혀 지내면서 모른 척할 수 있었다. 혼자서 글을 쓰고 다른 사람들과 부딪히지 않으면 현실의 벽이란 것도 투명 인간처럼 안 보일 수 있었으니까. 그렇기에 분식집에서 일을 할 때에도 내 일이 아니라는 핑계를 들며 집중하지 않을 수 있었다. 그러지 않았다면 사람들과 부딪혀야 했고, 더 맛있는 음식을 만들려 노력해야 했다. 아마 그랬다면 새로운 의미의 현실의 벽과 또다시 마주했을 것이다. 제호는 소설로 경험했던 그 상황을 또 겪고 싶지 않았을 테다.

하지만 오랜만에 또다시 경험하고 말았다. '현실의 벽'이라는 이름의 재능의 한계를, 내면의 부족함을. 결국, 그는 이렇게 또 도망치고 말았다.

12

평소라면 한창 손님을 상대해야 할 점심시간이지만 카페에 와 있다. 상점가 안쪽에 위치한 정 사장네 카페다. 유명 프랜차이즈가 아님에도 골목 내 가장 유명한 카페로 손님이 항상 많았다. 제호는 그 점이 무척 신기했다. 특별한 메뉴가 있는 것도 아니고 눈에 띄는 인테리어가 있는 것도 아니다. 심지어 자리도 안 좋아 골목에서 꽤 깊숙이 들어가야 찾을 수 있었다. 그런데도 손님이 끊이지 않는 점이 매번 놀라웠다.

제호는 카페의 2층 창가 자리에 앉았다. 주변을 둘러봤을 때 역시나 빈 테이블 없이 손님으로 가득 차 있었다. 평일 오후임에도 가게 안은 수다로 시끌벅적했다. 특히나 2층 중앙에 위치한 긴 테이블에 다섯 명의 대학생 무리들이 주변은 아랑곳하지 않고 크게 웃으며 대화를 나눴다. 창밖으로 골목을 구경 중이던 제호가 고주파의 웃음소리에 놀라 한 번씩 움찔할 정도였다.

거리는 점심시간이라 그런지 방금 전 거리를 걸었을 때에 비해 사람들이 조금 늘었다. 대부분이 골목 상인들과 큰길 너머의 직장인들이었다. 중간중간 근처 주택가에 살고 있는 사람들이 후줄근한 차림으로 음식을 포장해 가기도 했다. 아마 일요일마다 딸 수미를 만나러 가지 않았다면 제호도 마찬가지의 모습일 것이다.

"사장님."

뒤에서 세아의 목소리가 들렸다. 창밖을 보던 제호가 고개를 휙 돌렸다. 세아가 쟁반을 들고 그가 앉은 자리로 와 맞은편에 앉았다. 쟁반에는 김이 모락모락 올라오는 아메리카노가 든 컵 두 개와 조각 케이크 두 개가 있었다.

"카드 여기요."

세아가 제호의 카드를 돌려주었다. 카드를 돌려받으며 케이크를 봤다. 초콜릿 케이크를 보자 입맛이 돌았다. 단것을 좋아하는 그 다웠다.

"어제는 비 온다더니 하늘만 회색빛이고 비는 한 방울도 안 내리더라고요."

"그러게."

제호가 세아의 말에 건성으로 대답하며 케이크를 한 입 먹었다. 딱 그가 좋아하는 맛이었다. 이어서 아메리카노를 호호 불며 한 모금 마셨다.

"우산 들고 다니는 건 귀찮긴 했어도 비 안 내려서 다행이에요."

"비 내리는 게 싫어?"

"아뇨. 싫은 건 아니고요. 그래도 비 맞는 것보단 안 맞는 게 낫잖아요."

"그렇긴 하지."

"사장님은 비 내리는 거 좋으세요? 사실 가끔 비를 직접 맞으면서 걷는 게 좋을 때도 있긴 해서요. 사장님도 혹시?"

"무슨. 난 지금처럼 푸른 하늘이 더 좋지. 근데 집에 있을 때면 맑은 날씨보다 어두운 날씨가 더 좋아."

"왜요?"

"몰라. 그냥 어둡고 컴컴한 하늘이랑 창문을 타고 내리는 비를 보는 게 좋아. 어둡고 불안한 그 느낌을 보는 게 나름 괜찮거든. 가끔 천둥 치는 것도 나쁘지 않고. 근데 또 나가서 비 맞긴 싫어."

"그래요?"

세아는 케이크를 한 입 베어 물더니 달콤함에 취한 듯 눈을 감고 입가에 미소를 지었다.

"뭐, 나쁜 마음일 수도 있지. 밖에 돌아다니는 사람들이 비를 홀딱 맞는 게 좋은 건지도 모르니까."

"예? 그건 너무 나쁜 거 아니에요?"

"나도 전엔 안 그랬어. 삶이 이렇게 만든 거야. 아무튼 근데 왜 여기로 온 거야? 가게 문도 닫게 하고."

"아, 대책 회의를 좀 하려고요."

세아가 급히 포크를 내려놓고 결의에 찬 눈빛으로 제호를 바라봤다.

"대책 회의?"

제호가 세아의 기세에 눌려 자기도 모르게 등을 의자에 딱 붙였다.

"네. 우리 가게가 손님이 별로 없잖아요. 매번 찾아오는 학생 손님들만 있고 포장 손님들은 갈수록 주는 추세잖아요."

"그런가? 근데 그게 왜?"

"그러니까 뭔가 대책이 필요하다는 거죠. 사실 우린 포장 손님들이 중요한데 그 숫자가 줄고 있으니까요."

"뭐, 맞는 말이긴 한데…. 시간이 지나면 알아서 해결될 거야. 원래 손님이 있을 때도 있고 없을 때도 있어. 지금까지 쭉 그래왔어. 너무 걱정 안 해도 돼."

"네? 그래도 계속 많으면 좋잖아요."

"뭐, 그것도 맞긴 하지만…."

제호는 지금의 상황이 귀찮기만 하다. 아메리카노를 한 모금 마시며 괜히 시선을 창밖으로 돌렸다.

"그래서 제가 고민해 봤는데요. 세 가지의 대책 방향이 나왔어요."

"세 가지씩이나?"

제호가 놀라서 세아를 쳐다봤다. 지금껏 이렇게 크게 눈을 떠서 그녀를 본 적은 없었다.

"뭐, 해결책이 아니라 방향만요. 아무튼 첫 번째, 음악."

"음악?"

"네. 저희 가게가 너무 조용해요. 지금 보세요. 여긴 계속 음악이 흘러나오잖아요."

"음악보다 손님들 수다 떠는 소리가 더 큰 것 같은데?"

"아무튼 음악이 분위기를 깔아주니까 손님들이 신나서 더 오고, 떠들고 하잖아요. 그러니까 저희도 그렇게 하는 건 어때요? 좋지 않아요?"

제호는 매장을 아지트 삼는 학생들의 수다와 합쳐질 음악 소리에 벌써부터 머리가 아파 왔다. 동시에 세아가 아직 의욕만 있을 뿐 장사에 대해 잘 모른다고 그는 생각했다.

"그, 그건 천천히 생각해 보자."

"제가 음악은 적당한 거로 준비해 볼게요."

"알았어. 일단 그건 넘어가."

"그럼 두 번째. 바로 홍보요. 저희가 홍보가 많이 부족한 것 같아요. 그래서 지난번에도 말씀드렸듯이 전단지라도 돌리는 것이 어떤가 싶어요. 시간이 날 때마다 제가 직접 대로변으로 나가 전단지 돌려볼게요."

"전단지? 그것도 다 돈이야. 우리 같은 조그만 가게가 그거 만들어서 뭐해."

"그런가? 그래도 혹시 모르니까 '진짜 사장님'께 말씀드려보는 건 어때요?"

"진짜 사장님? 진우 말하는 거지? 지난번에도 그러더니."

"네…. 혹시 기분 나쁘셨어요? 구분을 하려고 하다가…."

"아냐. 그냥 웃겨서."

제호가 '진짜 사장님'이란 단어에 가볍게 웃었다. 딱히 기분이 나쁜 것은 아니었다. 오히려 그 표현이 재밌었다.

　"그럼 한번 여쭈어보면 안 될까요?"

　"알았어. 한번 물어나 볼게. 근데 그 녀석도 분식집 장사에 크게 관심이 없어서…."

　"사장님은 다른 일하시는 거예요?"

　"진우? 응. 다른 곳에서 음식점 해. 크게. 그래서 우린 손해만 안 나면 돼. 걔도 그냥 좋은 곳에 자리가 나서 작게 분식집 차린 거뿐이니까."

　"아 그렇구나. 아무튼 그럼 세 번째."

　세아가 진지하게 목을 가다듬었다.

　"또 있어?"

　"네. 제가 세 가지라고 했잖아요."

　"그래, 뭔데?"

　제호도 슬슬 궁금해지기 시작했다.

　"제일 중요한 바로 맛. 맛을 조금 업그레이드시켜 보도록 해야겠어요."

　"왜? 맛없어?"

　"그냥 평범해요. 딱히 맛없는 것도 아니고 특별한 맛이 있는 것도 아니고. 그냥저냥."

"그래? 난 모르겠던데. 원래 음식 맛을 잘 모르고 먹어서. 대단하게 이상하지 않으면 다 똑같던데."

"그러시구나. 그래서 우리 가게 음식들도…. 아무튼 이건 제가 책임지고 고민해 볼게요."

"그럴래? 그럼 회의는 이거로 끝난 거지?"

"일단 오늘은요."

"일단 오늘은?"

"매달 회의해야죠."

당황한 제호가 입을 헤 벌린 채 세아를 쳐다봤다. 그는 벌써부터 다음이 걱정되었다.

두 사람이 카페를 빠져나와 '여우별'을 향해 느긋하게 걷기 시작했다. 어차피 점심시간도 다 지나갔다. 사실상 오늘 장사는 방과 후에 올 학생들이 전부일 것이다. 그때까진 시간이 많이 남았다.

거리도 카페에서 내려다볼 때보다 현저하게 사람이 줄었다. 다들 각자의 일터로 가거나 집에 들어갔다. 몇몇 가게들은 재료 준비를 이유로 문을 닫기 시작했다. 이 거리는 항상 이 시간마다 고요함으로 가득 찼다. 제호도 답답한 가게를 나와 잠시 거리를 거닐 때가 학생들이 왔을 때 그리고 딱 이 시간대였다. 사람들에 치이며 사는 걸 싫어하는 그가 음식점을 하면서 여유를 느낄 수 있는 몇 안 되는 순간이다.

이번엔 옆에 세아가 있다. 그 점이 평소와 다른 점이지만 다행이었다. 세아 역시 지금의 한적한 분위기와 맑은 공기를 느끼며 밝은 표정으로 사색 중이다. 평소처럼 옆에서 조잘조잘 떠들지 않아 정말 고마웠다. 음악을 하는 그녀 특유의 감수성이 지금 이 순간 제호와 맞닿았던 것이다.

평소 세아는 틈날 때마다 항상 옆에 다가와 이런저런 얘기를 했다. 제호는 대부분 한 귀로 듣고 한 귀로 흘려 잘 기억하지 못했지만, 대부분 무언가를 아름답게 여기거나 안타깝게 여겼다는 것만은 확실했다. 그리고 자주 눈물 흘리거나 크게 웃었다. 감수성이 풍부한 그녀가 제호는 가끔 부담스러우면서 또 한편으론 그리웠다. 자신도 과거에 저런 시절이 있었으니까. 그것을 표정이나 말이 아닌 글로 옮겨 적었다는 것만 다를 뿐이었다. 하지만 그는 지금 어떤 감정도 쉽사리 느끼지 못하며 로봇처럼 살아간다. 그런 자신의 변화를 컴퓨터 앞에 앉아 있을 때마다 적나라하게 느꼈다.

"우리 단풍나무 잠깐 구경하러 가요."

'여우별' 문을 열기 위해 몸을 돌리던 제호가 어정쩡하게 서서 멀어져 가는 세아를 바라봤다. 고민 끝에 그녀를 따라가 골목 초입에 있는 단풍나무 앞에 나란히 섰다.

"너무 예쁘다. 며칠만 있으면 붉게 물들겠죠?"

"그러겠지."

"그때 나무 아래에서 버스킹하면 좋겠다."

단풍나무를 바라보는 세아의 두 눈이 부푼 기대로 밝게 빛나고 있었다. 제호는 그런 그녀를 말없이 바라보다 고개를 단풍나무로 돌렸다.

13

키보드 위에 손을 올려놓은 지 1시간이 넘었다. 하지만 손가락은 굳은 것처럼 가만히 있을 뿐이었다. 매번 컴퓨터를 켤 때면 프로게이머의 손처럼 멈추지 않고 마구 움직이길 기대하지만 한 번도 그렇게 된 적은 없었다. 그럴 때마다 괴로움에 몸서리쳤다.

껌뻑이는 커서를 보며 아랫입술을 물던 제호가 고개를 돌렸다. 책상 위에는 이미 해치운 찌그러진 맥주 캔 하나와 반쯤 비운 또 다른 맥주 캔이 자리했고 그 앞에 과자 봉지가 속살을 드러낸 채 뜯어져 있었다.

과자를 하나 먹은 뒤 캔을 들었다. 그 자세에서 시선을 다시 컴퓨터 모니터로 돌렸다. 벌써 열흘째 한 글자도 적지 못했다. 열심히 달리다 벽에 막힌 것 같은 기분이 들었다. 그 상태에서 어쩌지 못한 채 고개만 이리저리 돌리고 있는 것이다. 한숨을 푹 쉬고 들고 있던 맥주를 쭉 들이켰다.

소설을 쓰다 보면 이런 상황에 자주 직면한다. 학창 시절부터 글을 쓰면서 항상 겪는 일이라 이젠 스트레스도 아니고 아주 당연한 과정이라 여길 정도가 되었다. 하지만 걱정스러운 점은 그 벽을 과거보다 더 자주 마주한다는 사실이다. 오히려 처음 글을 쓸 때엔 술술 쓰던 것이 시간이 지나 한 작품 한 작품 경험이 쌓일수록 높은 담장에 가로막혀 잠시 쉬었다 가는 순간들이 늘어났다. 경험과 실력이 쌓이면 쉽게 쓰일 줄 알았던 예상과는 전혀 다른 방향으로 흘러간 것이다.

마지막으로 맥주를 한 모금 더 마셨다. 텅 빈 두 번째 맥주 캔도 손으로 찌그러뜨려 책상 위에 휙 던졌다. 주변으로 몇 방울 튀었지만 전혀 신경 쓰지 않았다. 평소 깔끔한 편은 아니지만 그렇다고 지저분하게 생활하는 편도 아니다. 하지만 지금은 그 무엇에도 무감각한 사람처럼 굴고 싶었다.

과자 봉지 옆에 새로 산 담뱃갑이 보였다. 그것을 집어 담배를 하나 꺼내 물었다. 바지 주머니에 항상 넣어 두는 라이터를 꺼내 불을 켰다. 그 자세에서 순간 멈칫하더니 다시 불을 껐다. 아무리 담배가 피고 싶어도 집에서는 피지 말자는 자신과의 약속을 어길 뻔했다. 맥주 두 캔에 취할 사람은 절대 아니다. 그저 답답하고 쓸쓸한 마음에 모든 것을 내려놓고 막무가내로 행동할 뻔한 것이다. 그래도 이것만은 지키자. 그렇게 여기며 담배를 입에 문 상태 그대로 자리에서 일어났다.

집을 나와 현관문을 닫았다. 여전히 센서등은 작동하지 않았다. 좁은 복도는 앞집의 현관문이 거의 안 보일 정도로 어두웠다. 이런 생활이 벌써 한 달이 넘었지만 고칠 생각을 하지 않았다. 심지어 항의하는 주민도 없는 듯 보였다. 그중엔 제호도 포함되었다. 그도 이런 상황에 적응하며 살아갈 뿐이었다. 그래 봤자 이곳을 지나는 순간은 잠깐이니까.

이번에도 휴대폰 손전등을 켰다. 302호 문과 복도가 휴대폰을 갖다 댈 때마다 정확히 보였다. 앞집 문 앞으로 가 몸을 돌리자 4층으로 향하는 계단이 나타났다. 손전등으로 자신이 서 있는 곳 보다 한 단 위를 비추며 터덜터덜 올라갔다. 그렇게 4층을 지나고 5층을 지나 옥상으로 연결된 문 앞에 섰다. 문고리를 잡고 돌리자 이번에도 문이 시원하게 열렸다. 단 한 번도 잠겨 있던 적이 없었다.

옥상을 가로질러 걸어가 난간 앞에 섰다. 문 바로 정면으로 가면 맞은편에 있는 빌라가 있어 그곳으로 가지 않고 옥상을 가로질러 가 다른 방향의 난간에 선다. 그곳은 대로변이 훤히 보이는 곳이라 보기 훨씬 좋다. 이번에도 어두운 하늘과 대비되는 반짝반짝 빛나는 거리가 눈에 들어왔다. 고층 빌딩들과 그에 비해 키 작은 상가 건물들 그리고 씽씽 달리는 자동차들. 거기에 활기찬 걸음의 사람들까지. 모든 게 조화를 이루었고 동시에 역동적이었다. 제호는 이곳에 서서 그 모습을 볼 때마다 생각했다. 난 왜 저곳을 보고만 있지.

주머니에서 라이터를 꺼내 입에 물고 있는 담배에 불을 붙였다. 몇 초 뒤, 입에서 담배를 빼고 바람을 후 불었다. 담배 연기가 공중으로 날아갔다. 제호가 그것을 초점 잃은 눈으로 멍하니 바라봤다. 아무런 생각도 아무런 감정도 없이. 얼마 안 되어 연기가 눈앞에서 사라졌다. 동시에 최면에서 깬 듯 정신이 돌아왔다.

쓰고 있던 작품의 막힌 부분에 대해 떠올렸다. 주인공은 과연 다음에 어떤 행동을 취할까, 방금 전 상황에서 그는 어떤 감정을 느꼈을까, 그런 그를 옆에서 지켜보던 연인은 어떤 결정을 지을 수 있을까. 제호는 자신이 만들어 낸 두 사람에게 감정 이입하려 노력했다. 하지만 쉽지 않았다. 분명 그 둘을 창조한 창조주는 자신이면서도 잘 알지 못했다. 어떤 인간인지도 헷갈렸다. 누구보다 잘 알고 있다고 확신했는데 그게 아니었다. 어쩌면 그 누구보다 두 인물을 모르는 것은 아닐까. 그런 의심이 자꾸만 들었다.

어떻게 정확히 알 수 있을까. 작품 속 주인공도 사람인데. 사람이 다른 사람을 잘 알고 있다고 여기는 것 자체가 오만이고 교만이다. 그 자신감이 편견을 만든다. 제호는 살아오면서 그 편견이라는 무시무시한 시선에 절망과 두려움을 느꼈다. 실패한 작가이자 실패한 사람으로. 하지만 그 역시도 사물을 자신만의 선입견에 집어넣으려고 할 때가 많았다. 그러지 않으려고 노력하면서도 잘 되지 않았다. 대신 그것을 티 내지 않으려 입을 꾹 다물었다. 특히, 세아를 볼 때마다 그랬다.

여전히 떠오르지 않는 다음 장면을 고민하며 담배를 다시 입에 갖다 댔다. 여자 주인공을 떠올리자 아내가 생각났다. 사실 작품 속 여자 주인공 대부분이 아내와 비슷했다. 처음 만났던

20대 때의 아내, 신혼 때의 아내, 엄마가 된 아내 그리고 지금의 아내. 매번 다른 여자 주인공이 알고 보면 아내와 닮았다. 그것을 의도한 것은 절대 아니었다. 하지만 저절로 그렇게 됐다. 그래서 여자 주인공의 행동과 생각은 나름 잘 써왔다. 같이 살아오면서 본 것들이 있으니까.

이번 작품의 여주인공도 아내와 닮았다. 그런데도 그녀의 행동과 감정과 생각을 읽는 것은 쉽지 않았다. 부부의 현재 상황이 딱 이랬다. 점점 아내에 대해 모르는 게 늘어만 갔다. 어떤 마음을 갖고 있는지, 어떤 것을 원하는지. 알고 싶지만 어려웠다. 그리고 결국 떨어져 지내게 되었다.

이 모든 것이 자신의 잘못 같아 더욱 괴로웠다. 그렇다고 달라질 방법은 딱히 안 보였다. 마치 지금 자신이 쓰고 있는 소설처럼. 다시 함께 할 수 있다면 달라질 자신이 있지만 선뜻 나설수 없는 자신의 입장을 생각하면 더욱 초라해졌다. 아내는 좋은 사람이란 사실을 그 누구보다도 잘 알고 있었다. 그러나 그런 그녀를 힘들게 만든 이가 자신이란 사실에 더욱 나설 수가 없었다.

어느덧 담배가 아주 짧아졌다. 마지막으로 후 연기를 불고 담배를 바닥에 휙 던졌다. 발로 비벼 끄면서 땅이 꺼져라 한숨을 푹 쉬었다.

과거의 영광에 취해 호기롭게 글만 쓰던 자신을 떠올리자 픽 웃음이 나왔다. 그땐 당연히 소설로 성공할 줄 알았다. 마치 그런 운명을 타고난 것처럼 말이다. 그것이 헛된 꿈만은 아니었다. 이른 나이에 자신의 이름을 내건 장편 소설을 썼으니 창창한 미래가 레드 카펫 깔리듯 깔려 있을 거라 여기는 게 어려운 일은 아니었다. 그러나 그것은 현실에 대한 무지가 만든 초라하고 나약한 희망이었다. 입으로 호 불면 꺼질 촛불 같은 희망. 그것에 얽매여 있는 동안 냉혹한 현실에 처참히 짓밟혔다. 그 결과, 그는 지금 혼자 남아 아주 냉소적인 인간이 되었다.

초라한 자신의 삶을 떠올리니 담배가 또 생각났다. 새로운 담배를 꺼내 또 입에 물고 라이터로 불을 붙였다. 한자리에서 한 대만 피기로 한 자신과의 약속을 처음으로 어겼다. 하늘로 날아가는 담배 연기처럼 그것은 어차피 금방 사라질 약속이었다.

14

평소처럼 오픈 시간 30분 전에 가게로 출근했다. 골목을 걸으며 주변을 살폈다. 모두가 유리창을 닦거나 가게 밖을 쓸며 분주하게 하루를 시작했다. 아침마다 이 모습을 보며 그들의 에너지를 부러워한 적이 있었다. 억지로 끌려가듯 출근하는 자신을 향해 저들을 본 받으라 속으로 소리친 적도 있었다. 하지만 어느 순간, 부러움마저 느껴지지 않았다. 심지어 이젠 가게를 청소하고 있을 세아가 있어 다행이라는 안도감만 들었다.

실제로 세아가 아르바이트를 시작한 뒤로 출근 시간을 늦췄다. 원래는 오픈 시간보다 1시간 전에 출근해 남들처럼 청소를 했다. 건성건성 하는 청소였지만 아무튼 본인이 직접 하는 것이었다. 그러나 이젠 30분 전에 가도 충분하다. 이미 세아가 청소를 다 해놓기 때문이다. 그는 가서 앞치마를 두른 뒤, 요리에 필요한 기계들을 작동시킨다. 그거면 충분했다. 청소나 전날 안하고 남긴 설거지는 전부 세아가 아침에 다 끝내 놓았다. 따지고 보면 그것을 시킨 적은 없었다. 아르바이트생에게 무얼 지시해야 하는지도 몰랐으니까. 그럼에도 세아는 자기가 알아서 판단하고 행동했다.

이번에도 깔끔히 청소된 가게를 기대하며 '여우별' 앞에 섰다. 하지만 아니었다. 무슨 이유인지 세아가 안 보였다. 가게 문도 제호가 잠근 그 상태 그대로였다. 세아가 지각을 한 것이다.

그럴 아이가 아닌데. 제호는 당황했지만 애써 침착하게 가게 문을 열고 안으로 들어갔다. 제일 먼저 벽에 있는 스위치를 눌러 불을 환하게 켰다. 문밖에 서 있어야 할 입간판이 여전히 안에 자리했고 바닥은 먼지와 쓰레기들이 그대로였다. 얼른 칠판을 밖에 내놓고 가게 구석에 서 있는 빗자루와 쓰레받기로 청소를 시작했다.

그렇다고 급하진 않았다. 어차피 오픈 시간에 맞춰 오는 손님은 없으니까 말이다. 가게 문을 열고 1시간은 지나야 서서히 손님들이 왔다. 그러니 지금부터 청소를 해도 늦진 않는 것이다. 정해진 오픈 시간을 넘긴다는 게 문제라면 문제겠지만.

겨우겨우 모든 준비를 마쳤다. 벽에 걸린 시계를 확인했다. 오픈 시간인 10시 30분을 넘겨 10시 50분에야 청소가 끝났다. 제호는 이미 예상했기에 별로 신경 쓰지 않았다. 아마 급하게 했다면 정해진 시간에 맞춰 끝낼 수 있었겠지만 굳이 그럴 필요를 못 느껴 느긋하게 청소를 했다.

주머니에서 휴대폰을 꺼내 전화를 걸었다. 지금까지 성실하게 일해왔기 때문에 화를 내진 않을 계획이다. 하지만 기분 나쁜 것은 어쩔 수 없었다. 신호음이 울리고 얼마 뒤 세아의 목소리가 휴대폰 너머에서 들려왔다. 아주 다급한 목소리였다.

"사, 사장님. 죄송해요."

얼마나 열심히 뛰고 있는지 헉헉대는 숨소리가 거슬릴 정도였다.

"어디야?"

"이제 거, 거의 다 왔어요. 다, 단풍나무 근처예요."

"알았어. 뛰지 말고 천천히 와."

"네."

얼마 안 되어 세아가 나타났다. 창밖으로 쌩하고 전속력으로 달려오는 세아를 발견한 제호가 몸을 돌렸다. 곧이어 문안으로 헐레벌떡 들어온 세아가 제호를 향해 고개 숙여 인사했다.

"죄송해요. 알람을 못 들었어요."

"괜찮으니까 얼른 준비나 해."

"네."

세아가 가게 구석에 청소 도구들과 함께 있는 옷걸이에서 앞치마를 꺼냈다. 앞치마를 두르며 계산대 앞으로 다가왔다.

"무슨 일이야?"

"실은 제가 늦게 잠들어서요⋯."

"친구들이랑 술 마셨어?"

"아, 아니요. 그게 아니라⋯."

세아가 아직 메고 있는 가방을 앞으로 옮겨 지퍼를 열었다. 그러더니 하얀 비닐 봉투 안에 든 밀폐 용기를 꺼냈다. 뜬금없는 물건에 제호가 어리둥절해하며 세아를 바라봤다.

"아, 제가 요즘 이거에 빠졌거든요. 오늘도 새벽까지 만들다가 늦게 자서…."

제호가 가만히 세아를 쳐다봤다. 그러자 세아가 머쓱해하며 말을 이었다.

"소스요. 떡볶이 소스. 제가 지난번에 대책 회의 할 때 말했잖아요. 떡볶이 맛에 대해 고민해 보겠다고요. 그래서 그날 이후로 계속 떡볶이 소스를 만들어 봤거든요. 인터넷에서 본 거를 따라 하기도 하고 변형하기도 하고…. 그러다가 드디어 만들었어요. 우연히요."

"뭐?"

제호는 세아의 열정에 당황했다. 아르바이트를 하면서 마치 자기 가게인 양 열심히 일하는 그녀가 조금은 이해되지 않았다.

"한 번 맛보시겠어요?"

"그, 그래."

제호가 숟가락으로 소스를 한 입 떠먹었다. 얼마 뒤 제호가 깜짝 놀라 눈을 동그랗게 떴다. 독특한 맛이 입 안을 가득 채웠다. 새 숟가락으로 다시 떠서 먹었다. 이번에도 그 맛에 감탄한 제호가 미간을 잔뜩 찌푸린 채, 세아와 밀폐 용기를 번갈아 봤다. 평소 맛에 대해 까다롭지 않아 어떤 걸 먹어도 그게 그거인 제호다. 그런 그가 소스 맛에 크게 놀란 것이다.

"맛있는데?"

"정말요? 다행이다. 어떻게 만드는 거면요….."

"아니야. 굳이 알려 줄 필요 없어. 아무튼 앞으로 소스는 세아 씨가 직접 만들어."

"정말요? 저야 좋죠."

"그리고 당장 오늘부터 소스 교체하자."

"그래도 돼요?"

"응. 시판 소스보다 이게 훨씬 맛있어."

제호는 확신했다. 자신을 이렇게 놀라게 할 정도의 맛이라면 손님들도 만족할 거라고. 그리고 무엇보다 세아의 노력에 화답하고 싶었다.

"근데 '진짜 사장님'에게 안 여쭤봐도 돼요?"

"진우는 이런 거에 신경 안 써. 걱정 마."

세아는 자신이 만든 소스가 이렇게 좋은 평가를 받을 줄 전혀 예상 못했다. 제호의 반응에 기쁘면서 놀라웠다.

"안녕하세요."

한창 소스에 대해 대화 중이던 제호와 세아가 창밖으로 시선을 돌렸다. 인근 옷 가게를 운영하는 중년의 여사장이었다. 제호와는 지나가다 보면 인사만 하는 사이다.

"네, 안녕하세요."

"혹시 지금 떡볶이 돼요? 아침을 못 먹었더니 배가 너무 고파서요. 어묵하고요."

"이 시간에 떡볶이를요? 아침 식사 대용으로요?"

"아, 워낙 떡볶이를 좋아해서요."

"아."

그렇게 좋아한다면서 이곳엔 겨우 두 번째 방문이다. 지금까지 더 깊숙한 곳에 새로 생긴 분식집을 이용한 게 분명했다.

제호는 때마침 찾아온 손님에 살짝 들떴다. 세아가 준비한 떡볶이 소스를 시험할 좋은 기회가 왔기 때문이다. 그는 얼른 새로운 소스를 이용해 떡볶이를 만들기 시작했다. 냄새부터가 달랐다. 어떻게 만들었는지 평소와 확연히 다른 냄새에 창밖에 무료하게 서서 어묵 국물을 마시던 옷 가게 여사장의 시선을 철제 떡볶이팬으로 고정시켰다.

"냄새가 너무 좋다."

"하나 드셔보실래요?"

제호가 넌지시 물었다. 사실 눈앞에서 맛을 평가받고 싶었다. 표정으로 드러내진 않았지만 내심 궁금했다.

"주시면 저야 좋죠."

제호가 이쑤시개로 소스가 듬뿍 묻은 떡을 콕 찍었다. 이쑤시개를 건네받은 옷 가게 여사장이 떡볶이를 호호 분 뒤 한 입 베어 물었다. 질겅질겅 씹는 동안 제호는 물론이고 테이블을 닦던 세아까지도 가만히 서서 그녀를 바라봤다. 두 사람은 평가가 어떻게 나올지 궁금해 미칠 지경이었다. 왜 이리도 오래 씹는지 답답했다. 얼마 뒤 드디어 옷 가게 여사장이 떡볶이를 삼켰다.

"와. 이거 왜 이렇게 맛있어요?"

"그래요?"

제호가 애써 아무렇지 않은 척하며 물었다. 세아가 근처로 빠르게 다가왔다.

"네. 너무 맛있어요. 전에 왔을 땐 이렇지 않았는데. 뭐가 달라진 거예요?"

"떡볶이 소스요. 오늘부터 바꿨거든요."

세아가 격양된 말투와 표정으로 자랑하듯 설명했다.

"어쩐지. 완전 달라졌어요."

"여기요."

제호가 포장한 떡볶이를 옷 가게 여사장에게 건네주었다. 그녀는 자신의 가게로 향하며 괜찮은 음식점을 발견했다는 사실에 무척 기뻐했다. 그 뒷모습을 제호가 보며 아주 옅은 미소를 지었다.

"진심으로 좋아하시는데요? 앗싸."

세아는 자신의 노력이 결실을 맺은 것 같아 무척 기뻐하며 소리쳤다.

"이제부터 바빠지겠는데?"

제호가 지나가는 말로 한마디 툭 던졌다.

"마음의 준비 다 됐습니다."

두 주먹을 불끈 쥔 세아가 결의 찬 표정과 말투로 대답하자 제호가 피식 웃었다.

15

옷 가게 여사장이 떠나고 점심시간이 되었다. 손님은 평소와 별반 다를 게 없었다. 인근 주민들과 상인들 다 해야 다섯 팀이 전부였다. 그들은 전부 포장을 해갔기 때문에 반응을 직접 볼 수는 없었다. 하지만 제호는 확신했다. 분명히 달라진 맛에 깜짝 놀랄 거라고. 내일 아침 가게 오픈 준비를 하다 말고 찾아와 맛을 칭찬할 거라고.

그에 비해, 세아는 당장 큰 변화가 없자 실망한 표정으로 테이블 의자에 앉았다. 점심시간이 지난 이후로 내내 그곳에서 벗어나질 않았다. 그 모습을 제호가 무표정하게 보다 피식 웃었다. 아무리 대단한 맛이라고 한들 입소문을 타려면 아직 시간이 필요했다. 그런 사정을 모르는 세아는 당장 손님이 늘지 않자 실망감에 휩싸였다.

제호가 가게 밖으로 나가 기지개를 쭉 폈다. 이미 옷 가게 여사장을 통해 반응을 살폈다. 이젠 좀 더 젊은 층의 반응을 확인할 차례다. 제호는 휴대폰을 꺼내 시간을 확인했다. 그들이 오려면 이제 얼마 안 남았다.

"안녕하세요."

오후 4시가 되자 역시나 삼총사가 찾아왔다.

"안녕."

세아가 두 손을 흔들며 아주 반갑게 맞아주었다. 제호는 언제나 그렇듯 고개만 살짝 끄덕이며 인사했다.

삼총사는 익숙하게 지정석 아닌 지정석으로 향했다. 의자에 가방을 내려놓자마자 스프링처럼 일어나 근처 정수기에서 물을 떠 다시 제자리로 갔다. 짧은 시간 시끄럽게 웃고 떠들며 이리저리 움직이는 여학생들을 제호가 팔짱을 낀 채 살폈다. 평소라면 관심을 두지 않았겠지만 이번엔 언제 주문할까 마음이 조급했다.

"저희 떡볶이 3인분이요."

뒤에서 들려오는 고주파 소리에 제호가 빠르게 움직였다. 중간에 서 있던 세아도 얼른 서빙 할 태세를 갖췄다. 아직 음식이 나오려면 꽤 기다려야 했지만 그녀 역시 마음이 급했다. 사실 제호보다 훨씬 더 긴장하고 있는 것은 세아였다. 원래 급한 성격이기도 했지만 자신이 직접 만든 떡볶이 소스의 평가를 받는 자리니 긴장이 안 될 수 없었다. 두 손을 꼼지락거리며 침을 꼴깍 삼켰다.

얼마 뒤 떡볶이와 계란을 얹은 접시를 세아에게 건넸다. 그녀는 접시를 평소보다 훨씬 더 신중하게 다루며 테이블로 향했다. 기대가 없는 탓일까. 삼총사는 옆에 세아가 오는 것도 신경 쓰지 않고 자기들끼리 이런저런 대화를 나누며 떠들었다.

"여기 떡볶이."

학생들이 접시를 둘 자리를 확보하기 위해 테이블에 붙어 있던 상체를 뒤로 젖혔다. 그러고는 포크도 들지 않고 다시 수다에 집중했다. 당황한 세아가 가만히 서서 뚫어져라 그들을 지켜봤다. 얼마나 떡볶이가 맛이 없었으면 음식이 나와도 먹을 생각을 안 할까. 이곳을 식당이 아닌 아지트로만 여기는 것이 분명했다.

"언니, 왜 서 있어요…?"

한창 이야기를 나누던 삼총사 중 뿌까머리를 한 학생이 이상한 기운을 느끼고 세아가 서 있는 쪽으로 고개를 돌렸다. 나머지 두 명도 따라서 고개를 돌린 뒤, 눈썹을 치켜 뜬 채 세아를 올려다봤다.

"아, 아니야. 근데 떡볶이 안 먹어? 식을 텐데…."

"먹어야죠. 얘들아 빨리 먹자."

삼총사는 고개를 갸우뚱하면서 그제야 포크를 들어 떡볶이를 찍었다. 그러고는 동시에 입에 넣어 오물오물 씹기 시작했다. 옆에 가만히 서 있는 세아도, 저 멀리서 팔짱을 낀 채 구경 중인 제호도 그들이 어떻게 반응할지 유심히 지켜봤다.

얼마 안 되어 세 학생의 두 눈이 토끼 눈처럼 커졌다. 지금까지 이곳에서 먹어 본 떡볶이와는 전혀 다른 맛이었다. 훨씬 개성 있으면서 단맛과 짠맛 그리고 매콤한 맛이 절묘하게 어우러져 있었다. 삼총사는 세아를 향해 엄지손가락을 들어 보였다.

"언니, 이거 왜 이렇게 맛있어요?"

"전에 먹던 맛이 아니에요."

"소스가 달라진 거예요?"

세아가 아주 흐뭇하게 미소 지으며 고개를 끄덕였다. 제호도 반응에 만족하며 의자에 앉았다.

달라진 떡볶이 맛에 감탄한 것은 옷 가게 여사장과 삼총사만이 아니었다. 슬슬 입소문이 나기 시작했다. 인근 상인들이 점심시간을 이용해 찾아오더니 나중엔 단골이 되었고 시간이 지나 점점 근처 주택가의 주민들도 찾았다.

소스를 바꾸고 삼 일째 되는 날부터 점심시간마다 대기 줄이 만들어졌다. 계산대 바로 앞에서부터 문을 지나 창문 앞으로 이어지는 줄이었다. 사실 그리 긴 줄은 아니었다. 정확히 다섯 팀이 와서 대기하는 것이다. 물론 맛집으로 방송을 탄 곳에 비할 바는 아니지만, 그래도 이 정도면 제호와 세아 입장에선 엄청난 변화였다. 특히 제호의 기억으론 오픈 날 이후 처음 보는 줄이었다.

"이 집 떡볶이 맛있다고 소문났어요. 이 골목에서."

상점가 가장 깊숙한 곳에 위치한 전통과자점 사장이 과장된 표정을 지으며 말했다.

"그래요?"

제호가 손님을 상대로 처음으로 웃음을 보였다. 세아는 그 모습에 살짝 놀랐다. 비록 입가에 희미한 미소를 띠는 것이었지만 그 자체로도 그녀가 보기엔 큰 변화였다.

"네, 저 어제도 왔었는데 기억 안 나시죠?"

"네⋯."

"이해해요. 워낙 손님이 몰려서."

"죄송합니다."

사실 기억을 못 할 정도는 아니었다. 그저 손님들에게 관심이 없었던 것이다. 그런 사실을 잘 알기에 제호는 진심으로 사과했다. 예전 같으면 이것을 왜 사과해야 하는지조차 의문이 들었겠지만 이번엔 절로 죄송하단 말이 나왔다.

"뭘요. 아무튼 제가 여기 맛있다고 소문내고 있어요."

"감사합니다."

"그럼 뭐 서비스 없나요?"

"네?"

점심시간 내내 긴 줄은 이어졌다. 거의 1시간이 다 될 때까지 이어진 줄은 제호의 머리카락이 땀으로 완전히 젖을 때 즈음 끝났다. 손님이 다 떠나고 나서야 제호는 한숨을 푹 쉬며 테이블로 가 앉았다. 세아는 내내 어묵 국물을 떠주고 계산을 하느라 바빴지만 그래도 제호에 비하면 괜찮았다. 그녀가 얼른 정수기에서 시원한 물을 떠 제호에게 건넸다.

"요즘 손님이 몰리니 정신없으시죠?"

"그러네."

"그래도 장사가 잘되니까 좋아요."

"안 힘들어?"

"힘들긴요. 사실 전 가만히 서서 계산만 했는데요, 뭘."

"아무튼 고마워. 소스 만들어줘서."

"네?"

제호에게 고맙다는 말을 처음 들은 세아가 기뻐하며 함박웃음을 지었다. 어쩌면 칭찬을 듣고 싶어 이렇게 노력했는지 모르겠다고 그녀는 순간 생각했다. 사람이 뭔가를 열심히 할 때는 항상 목적이 있기 마련이니까.

몇 시간 뒤, 삼총사를 비롯해 여학생들이 빠르게 들어왔다. 평소라면 삼총사가 들어온 뒤 시간을 두고 하나둘 테이블이 찼겠지만 이젠 자리를 뺏길까 다들 급하게 달려왔다. 테이블이 다

찬 뒤 들어온 여학생 무리가 실망한 표정으로 제호를 쳐다봤다.

"아저씨 언제 또 자리 비어요?"

"응? 쟤네도 방금 왔어. 앞으로 한 시간은 앉아서 수다 떨 거야."

"네…."

이런 상황들이 연이어 벌어졌다. 테이블이 가득 차 발길을 돌리는 손님을 평일인데도 보게 될 줄은 상상도 못했다. 그만큼 학교에서도 학생들 사이에 소문이 쫙 퍼졌다. 심지어 점심시간에 찾아오는 학교 선생님들도 여럿 있었다.

토요일 저녁 5시가 되었다. 정신없었던 한 주의 장사가 끝나고 퇴근할 때가 되었다.

"퇴근할 준비해."

"네. 근데 오늘도 재료가 다 떨어졌네요."

"그러게."

제호가 조리실 안을 이리저리 살피며 상황을 확인했다. 손님이 많아진 뒤로 달라진 여러 가지 중 하나가 이것이었다. 전에도 입간판에 적힌 저녁 9시 30분이 아닌 오후 5시면 퇴근했지만 그 이유가 달랐다. 일주일 전만 해도 단순히 귀찮고 피곤해서 일찍 문을 닫았다면 이젠 재료가 다 떨어져서 어쩔 수 없이 문을 닫아야만 했다.

처음 그런 상황에 맞닥뜨렸을 때 제호는 무척 기뻤다. 그리고 그 기쁨이 무척 이상했다. 장사에 전혀 관심이 없었기에 재료가 소진될 정도로 잘 팔리든 말든 그에겐 의미가 없는 것이었다. 하지만 꼭 그렇지도 않았던 모양이다. 아닌 척해도 장사가 되지 않았을 때 오는 좌절감은 생각보다 힘들었다. 어쩌면 소설에 이어 장사마저 안 되니 자괴감이 그를 더욱 미치게 만들었을 것이다. 자신도 모르는 사이에.

가게를 정리하고 나왔다. 칠판을 안으로 집어넣고 열쇠로 문을 잠갔다. 세아는 물론이고 제호 역시 옅은 기쁨의 미소가 얼굴을 떠나지 않았다. 둘은 평소와 다른 방향으로 몸을 돌려 골목 안쪽으로 들어갔다.

"뭐 먹을래?"

16

두 사람은 오랜만에 회식을 하러 골목 안 깊숙이 들어갔다. 주변으로 다양한 음식점들이 있었지만 크게 관심을 두지 않고 계속 걸었다. 두 사람은 걷는 내내 미소가 입가에서 떠나질 않았다. 제호는 세아가 하는 이야기들을 전과 달리 열심히 듣는 시늉을 했다. 그전이라면 듣는 둥 마는 둥 하면서 머릿속으로 다른 생각에 빠졌을 것이다. 그럴 수밖에 없었다. 특히, 기쁜 일 있는 그녀의 입이 멈추는 것은 UFO를 기다리는 것과 같았다. 처음부터 끝까지 최선을 다해 일일이 반응해 주는 것은 나름의 감정 노동이었다.

세아가 하는 대부분의 이야기는 음악과 떡볶이였다. 제호는 음악에 아예 관심이 없었고 떡볶이는 비교적 관심이 있었지만 그렇다고 길게 이야기할 정도는 아니었다. 그럼에도 이번만큼 은 두 가지 주제에 대해 애써 집중하려 노력했다. 최근 장사가 잘되는 데에는 그녀의 떡볶이 소스가 한몫을 했기 때문이다. 제호의 집중하는 눈빛 덕분에 세아는 기분이 좋아 더욱 쉴 틈 없이 입을 움직였다.

익숙한 곳에서 저절로 걸음이 멈췄다. 몸을 돌려 음식점 앞에 섰다. 지난번에 회식을 했던 순두부 가게와 그 옆에 나란히선 고깃집이 보였다. 제호는 빠르게 선택하지 못한 채 가만히 있었다. 사실, 세아의 떡볶이 소스 덕분에 일주일 내내 매출이 수직 상승했다. 그것을 자축하러 회식을 하는 것이다. 그런 상황에서 또 고깃집을 외면해도 될지 걱정스러웠다. 그렇다고 고기 먹자고 먼저 나서기엔 부담스러웠다. 괜히 옆에 서 있는 세아를 곁눈질로 쳐다보며 눈치를 살폈다.

세아는 머뭇거리는 제호를 흘긋 보더니 당연하다는 듯이 순두부 가게로 성큼성큼 걸었다. 제호는 괜히 손을 뻗어 잡으려는 시늉을 하더니, 어쩔 수 없다는 듯 순두부 가게 안으로 뒤따라 들어갔다.

토요일 저녁임에도 불구하고 아직 가게 안은 손님이 많지 않았다. 지난번과 똑같은 자리에 앉아 똑같은 메뉴를 주문했다. 얼마 뒤 순두부찌개 두 개가 나왔다. 두 사람은 익숙하게 식사를 시작했다. 역시나 이번에도 식사에 집중하느라 한동안 대화가 진행되지 않았다. 심지어 말 많은 세아 마저도 이때만큼은 입을 음식을 집어넣는 역할에만 집중시켰다. 어쩌면 그녀의 에너지 원천은 식사량일지 모르겠다. 그렇다고 많이 먹는 것은 아니지만 식사할 때만큼은 열심히 그것에 몰두했다. 깨작깨작 먹는 것보다 맛있게 식사했을 때 에너지를 더 얻는 것은 아닐까. 제호는 세아와 식사를 할 때마다 그런 생각을 했다.

후루룩 음식 먹는 소리만 가득했던 테이블의 분위기를 먼저 깨달은 건 세아였다. 그녀는 반쯤 먹었을 때, 고개를 들어 물을 한 모금 마셨다. 숟가락을 내려놓고 제호를 빤히 봤다. 평소와 달리 순두부찌개를 허겁지겁 먹는 그의 모습에서 얼마나 많은 손님을 맞이했고 바빴는지 느낄 수 있었다. 하루 종일 떡볶이 팬 앞에 서 있는 것은 보기보다 쉽진 않은 일이다. 옆에서 함께 일하는 세아는 그 사실을 누구보다 잘 알았다. 물론 그녀도 소스를 바꾸기 전보다 정신없긴 마찬가지였다. 그러나 특유의 에너지와 쉴 틈 없이 바쁘게 움직이는 것을 좋아하는 성격 덕분에 힘든 줄도 모르고 근무했다.

"사장님."

"응?"

식사에 열중하던 제호가 급하게 고개를 들었다. 세아의 목소리가 마치 100m 달리기의 신호총이라도 되는 듯 정신이 돌아왔다. 잠시 숟가락을 내려놓고 물을 한 모금 마신 뒤 휴지로 입가를 닦았다.

"아, 아니. 더 드세요."

"아냐. 배불러. 근데 무슨 말 하려고?"

"장사 잘되는 것 같은데. 어떠세요? 안 힘드세요?"

세아는 이미 제호를 잘 알고 있었다. 그 누구보다 장사에 관심도 미련도 없는 사람이라는 것을. 그렇기에 '여우별'이 잘 되어 바쁜 것을 오히려 싫어하면 어쩌나 그녀는 걱정했다.

"힘들지."

"그, 그쵸. 괜히 제가….'"

"근데 재밌네."

제호가 세아의 말을 끊고 속마음을 말했다. 긍정적인 말과 달리 얼굴의 표정은 여전히 진지해 세아에게 진심이 바로 전달되진 않았다. 평소에도 표정 변화가 많지 않아 가끔 헷갈리곤 했다. 이번처럼.

"정말요?"

"응."

"다행이다."

"뭐가 다행이야?"

"아, 아니. 저 때문에 가게가 바빠져서 싫어하면 어쩌나 걱정했거든요."

"별걱정을. 앞으로도 그렇게 해."

"네?"

"이번에 소스 바꾼 것처럼 해보라고."

세아는 큰 눈을 가만히 껌벅였다. 아까는 말의 진심이 헷갈렸다면 이번엔 말의 의미가 헷갈렸다. 더 열심히 하라는 격려인지 아니면 특별한 지시를 내린 건지 짧은 시간 고민했다. 하지만 명쾌한 답이 떠오르지 않아 여전히 눈만 껌벅이며 제호를 바라봤다. 말하면서 자신이 굉장히 멋진 사장님 같다고 여겼던 제호는 세아의 어리둥절해하는 반응에 당황했다. 애써 담담한 표정을 하고는 다시 입을 열었다.

"가게에 문제나 아쉬운 거 있으면 적극적으로 바꾸라고. 이번처럼 말이야. 최대한 받아드릴 테니까."

"정말요?"

"그래."

"우리 가게에 무슨 문제가 있는지 잘 찾아볼게요."

세아의 말에 제호가 어처구니없다는 듯이 피식 웃고는 국물을 떠먹었다. 그에 반해, 세아는 앞으로 무슨 일을 해야 할지 속으로 생각했다. 손님들이 식사하는 매장 안 구석에 있는 청소도구와 옷걸이를 당장 가게 한쪽에 잠겨 있는 창고 안으로 넣을 작정이다. 그리고 인테리어는 어떤 식으로 새로 꾸며야 할지 직접 눈으로 보면서 구상하기로 마음먹었다. 벌써부터 세아는 식사도 잊을 정도로 잔뜩 들떠 있었다. 그 모습을 제호가 말없이 가만히 지켜보다 입을 열었다.

"지난번에 얘기했던 음악."

"음악이요? 가게 안에?"

"응. 그거 틀어봐."

"그래도 돼요?"

"응. 해보고 너무 시끄러운 것 같으면 다시 끄고."

"적당한 음악으로 준비할게요. 통기타 음악 괜찮죠?"

"학생들이 좋아할까? 매장에서 식사하는 손님은 학생들이 대부분인데."

"분명 좋아할 거예요."

"그래. 알았어. 주말 동안 잘 생각해 봐."

제호는 세아가 하고 싶다는 것은 일단 다 받아 주기로 했다. 이미 보여준 것이 있기도 했고 무엇보다 열의가 대단해 기회를 주고 싶었다. 사장인 자신보다 훨씬 가게를 사랑하는 모습이 기특하기도 하면서 한편으론 신기했다.

자신의 일에 열정을 다하는 세아의 모습을 볼 때마다 문득문득 옛 기억이 떠올랐다. 하지만 애써 못 본 척 외면했다. 이번에도 잠시 스쳐가던 기억을 떠나보내고 다른 주제를 다급히 떠올렸다.

"아, 그리고 선물. 뭐 필요한 거 있으면 말해. 선물 사줄 게."

"정말요?"

"덕분에 장사 잘됐으니까. 나중에라도 생각난 거 있으면 말해. 진우한테 준비해 달라 할 테니까. 어차피 내 돈 아니니까 편하게 골라."

"네, 생각해 볼게요. 감사합니다, 사장님."

세아는 식사를 하는 내내 환한 미소가 떠나질 않았다. 평소에도 자주 볼 수 있던 그 미소가 유독 싱그럽게 빛났다.

17

세아가 집을 나섰다. '여우별'이 문을 안 여는 일요일이라고 집에만 있는 경우는 그리 많지 않았다. 물론 집에서도 엄마, 아빠의 부업을 도와주거나 집안일을 하며 바쁘게 지냈다. 방에 들어가 일기를 쓰고 곡도 만들었다. 이번에는 아침 시간을 이용해 밖을 나왔다. 노트와 볼펜을 한 손에 쥔 채로.

매일 다니는 길을 걸었다. 주변으로 동네 주민들이 돌아다녔다. 이곳은 평일 오후를 제외하면 항상 주민들로 가득했다. 대부분 동네를 돌아다니거나 그리 멀지 않은 곳으로 여유롭게 산책을 하는 것이다. 세아도 그들 사이에 섞여 혼자 이리저리 자주 배회했다.

그녀의 평소 성격이라면 친구가 많을 것 같지만 그렇지 않았다. 연락이 오거나 만나는 친구는 단 한 명도 없다. 휴대폰에 저장된 연락처도 그리 많지 않다. 모두가 의외라고 여기겠지만 이곳으로 이사 오면서 대부분의 인연을 끊었다. 원치 않았지만 어쩔 수 없는 선택이었다. 지금의 상황에선 최대한 외톨이처럼 지내는 편이 더 낫다고 생각했다.

한동안은 친구들의 연락이 매일 왔다. 그것을 모른 척하는 게 무척이나 힘들었다. 결국, 지금은 자연스레 모두와 멀어졌다. 그런 사실을 한 번씩 떠올릴 때면 슬프고 외로웠지만 그때마다 괜찮다며 애써 자신을 위로했다.

그전까지 그녀는 인기가 아주 많았다. 학창 시절엔 친구들이 항상 몰려 있었다. 쉬는 시간만 되면 기다렸다는 듯이 세아 주변으로 친구들이 찾아왔다. 그녀는 운이 좋았다. 아무리 인기가 많더라도 분명 시샘하는 존재가 있기 마련이다. 하지만 세아의 인기를 시샘하는 주변인은 아무도 없었다. 오히려 친해지고 싶어 다가오는 이들만 존재했다. 그럴 때마다 세아는 무척 반갑게 맞아주었다. 혹시 자신을 시샘하고 질투하는 그런 눈빛을 못 읽은 것일 수도 있지 않을까. 세아라면 얼마든지 가능하다.

완만한 내리막을 내려갔다. 빌라들을 다 지나자 양옆으로 다양한 가게들이 나타났다. 편의점과 24시간 카페는 이미 문을 열고 손님을 받고 있었다. 음식점들은 이제 막 문을 열고 곧 있을 점심시간을 대비해 청소에 열중이었다. 그 모습을 보며 세아는 자신의 모습이 떠올랐다. 자신도 매일 아침 저들과 똑같이 하루를 시작했다. 출근하자마자 굳게 잠긴 문을 열고 들어간 뒤 청소 도구를 들고 밖으로 나왔다. 가게 주변을 청소하고 나면 칠판을 밖에 세워 두고 들어가 안을 청소했다. 매일 30분씩 이 반복되는 행위를 할 때마다 세아는 손님들과 마주할 기대감으로 잔뜩 부풀어 있었다.

원래 가게 앞은 청소하는 게 아니었다. 그런 제호를 보며 세아는 의아했다. 보통은 가게 앞을 빗자루로 쓰는 것이 일반적이다. 심지어 근처 다른 가게 앞에 있는 쓰레기를 치워주기도 했다. 세아는 과거 아르바이트를 할 때 그렇게 하라고 배웠고 그녀 역시 그게 맞는 행동이라고 여겼다. 하지만 제호는 전혀 아니었다. 가게 밖에까지 청소하는 걸 몹시 귀찮아했고 주변 가게 앞에 있는 쓰레기를 치워주는 것 또한 이해하지 못했다. 그러나 세아는 그런 것에 신경 쓰지 않고 본인이 하고 싶은 대로 가게 앞을 쓸었다.

골목을 나와 신호를 건넜다. 근처에 있는 입구를 통해 공원

안으로 들어갔다. 그다지 크지 않은 공원이다. 놀이터에서 볼 수 있는 놀이 기구 몇 개가 중앙에 있고 외곽으로 여유롭게 걸을 수 있는 길이 쫙 펼쳐져 있었다. 중간에 빈 벤치에 앉았다. 상체를 쭉 펴고 심호흡을 크게 하자 여유로움이 한껏 몰려왔다. 이곳에 앉을 때마다 느끼는 감정이다.

한 손에 들려있는 노트를 펼쳤다. 요즘 만들고 있는 곡의 가사가 적힌 페이지가 나왔다. 어떤 이야기를 써야 할지 답이 떠오르지 않아 가사를 쓰다 지우기를 반복했다. 어떤 이야기를 하고 싶은 걸까. 분명 하고 싶은 이야기가 많은 것 같은데 정확히 모르겠다. 또 새로운 글을 쓰다 지웠다.

이 과정이 세아는 무척 행복했다. 전혀 괴롭거나 힘들지 않았다. 기타를 치며 곡을 만드는 과정도 가사를 쓰는 과정도 다 좋았다. 마음 같아선 평생 이 작업을 하고 싶다. 이보다 더 즐거운 일이 어디 있을까. 세아가 특유의 환한 미소를 지었다. 그리고 고개를 젖혀 하늘을 올려다보았다. 얼마 뒤, 무언가를 깨달은 세아의 눈이 커졌다. 젖혔던 고개를 내리고 다급히 노트에 가사를 적기 시작했다.

18

제호가 평소처럼 가방을 멘 채 버스에서 내렸다. 휴대폰을 꺼내 시간을 확인하며 안도했다. 다행히 늦지 않았다. 이곳에서부터 약속 장소까지 걸어가면 여유롭게 도착할 것을 잘 알고 있었다. 수미를 만나는 장소가 매번 똑같았기 때문이다. 공원안 어느 노란색 벤치. 항상 그 앞에서 수미와 아내가 제호를 기다렸다. 한 사람은 아주 반가워하며 손을 흔들었고 다른 한 사람은 팔짱을 낀 채 못마땅한 표정을 지었다. 사실 못마땅하다는 표현은 좀 이상하다. 정확히는 불편해하는 표정이었다.

아내는 제호를 못마땅하게 여기는 것은 아니었다. 지금의 상황이 불편할 뿐이다. 법적으로 부부임에도 따로 떨어져 지내는 형편에서 일주일에 한 번씩 잠깐 마주하는 것이 그리 달가운 상황은 아니었다. 제호 역시 비슷한 감정이지만 그렇게라도 볼 수 있다는 사실에 내심 좋았다. 그렇지 않다면 얼굴도 못 보고 지냈을 것이 분명했다.

아내와 딸이 있는 벤치로 향했다. 일요일 오후의 공원은 매주 똑같았다. 대부분이 가족 단위였고 중간중간 연인들도 섞여 있었다. 인구가 심각한 수준으로 줄고 있고 학교의 학생 수도 예전에 비해 확연히 줄어들었다고 하는데 이곳만 오면 아이들이 많아 깜짝 놀랐다. 다른 가족들도 매주 이곳을 찾는 것일까. 아니면 매번 똑같은 가족들이 이곳을 가득 채웠던 것일까. 제호는 이런저런 쓸데없는 생각을 하며 걸었다.

수미와 공원에서 만나지만 그 안을 구경한 것은 지금까지 딱 세 번뿐이었다. 왜 그랬는지 그도 의아했지만 대부분 이곳에서 만나 다시 밖으로 나갔다. 그리고 점심 식사를 하고 아이스크림을 먹다 새로운 곳을 찾았다. 그 새로운 곳은 지나가다 눈에 보이는 아이들이 좋아할 만한 곳을 들어가는 것이다. 이번에도 특별한 계획 없이 일단 공원을 찾았다. 분명 돌아다니다 보면 좋은 곳이 나타날 것이라 막연히 기대하면서.

저 멀리 수미가 손을 흔들었다. 그 옆에 아내가 다른 날처럼 팔짱을 낀 채 제호를 바라봤다. 제호가 반가운 마음에 그들 곁으로 얼른 달려갔다. 평소엔 잘 보이지 않던 미소가 이때만큼은 얼굴 가득 피어올랐다.

"언제 왔어?"

"우리도 방금 왔어."

수미가 제호를 올려다보며 어른스럽게 말했다.

"응. 배는 안 고파?"

"조금 고파."

"다행이다. 아빠가 준비한 게 있는데."

"정말?"

"응. 이따 보여줄게."

"저녁에 봐."

옆에 서 있던 아내가 전보다 차가운 말투로 제호에게 말하더니 걸음을 뗐다. 그런 그녀를 제호가 가만히 보기만 했다. 이야기를 좀 나누고 싶었지만 차마 무슨 말을 꺼내야 할지 알 수 없었다. 이런 순간 글을 써서 보여주는 것이 예의 있는 행동이라면 얼마나 좋을까 그는 종종 상상했다.

"아, 맞다."

걸어가던 아내가 걸음을 멈추고 몸을 돌려 제호를 봤다. 팔짱을 풀고 오른팔에 걸려있던 핸드백의 지퍼를 열어 투명 비닐을 꺼냈다. 투명한 비닐 안에 탁상 달력이 보였다. 회사에서 나온 다음 연도의 달력이다.

"이거 가져가."

"달력이야?"

제호가 비닐의 손잡이를 잡은 채 달력을 살폈다.

"응. 고객들 주고 남은 거야."

"그래, 고마워. 이제 11월 됐는데 벌써 나눠주네. 아니 근데, 요즘에도 이런 달력 쓰나? 어르신들도 아니고. 요즘엔 다 휴대폰이나 컴퓨터로 날짜 확인하잖아."

제호가 괜히 딴죽 걸었다.

"쓰기 싫으면 줘."

"아냐, 잘 쓸게."

아내가 가만히 제호를 봤다. 그녀 역시 무언가 말을 하고 싶었다. 하지만 제호와 마찬가지로 아무 말 하지 못했다. 두 사람의 몇 안 되는 공통점 중에 하나가 소통 능력의 부재다. 그것이 이번에도 발휘되었다. 이런 점 때문에 보험 설계사인 아내의 실적은 매번 안 좋았다. 결국, 더 이상 어쩔 수 없다는 듯 아내는 자리를 떠났다.

그녀의 뒷모습을 제호는 가만히 지켜봤다. 그도 느꼈다. 아내가 무언가 말하려는 것을. 특히, 달력을 건네줄 때의 머뭇거리는 모습에서 확실히 느낄 수 있었다. 분명히 망설이는 것을 알았지만 그 역시 아무런 반응을 할 수 없었다.

"아빠."

수미의 힘없는 목소리에 제호가 고개를 획 돌려 딸을 봤다. 아이는 입술을 쭉 내밀며 아빠를 올려다봤다.

"왜?"

"… 배고파."

"아, 미안. 그럼 잠깐만."

제호가 가방을 앞으로 돌려 지퍼를 열었다. 탁상 달력을 안에 넣으면서 다른 봉투 하나를 꺼냈다.

"오늘은 피자나 치킨 그런 거 먹지 말고 이거 먹자."

"뭔데?"

"떡볶이."

제호가 자신 있게 봉투에서 밀폐 용기를 꺼냈다. 그 안엔 세아표 소스로 만든 떡볶이가 들어 있었다.

"전에는 아빠네 떡볶이 먹지 말랬잖아. 별로라고."

"응? 아빠가 그랬어? 아무튼 이제 먹어도 돼. 여기서 먹을까?"

"그래."

두 사람은 벤치에 나란히 앉았다. 제호가 밀폐 용기 뚜껑을 연 뒤 플라스틱 포크를 하나씩 나눠 들었다. 수미가 입맛을 다시며 포크로 떡을 하나 집어 먹었다.

"우와. 진짜 맛있어."

수미가 입가에 소스를 묻힌 채 감탄했다. 제호는 딸의 반응에 미소가 절로 피어올랐다. 그도 수미를 따라 한 입 베어 먹었다. 벌써 몇 번째 먹는 것임에도 그는 또 소스 맛에 만족했다. 그렇게 부녀가 떡볶이를 허겁지겁 먹었다.

"근데 할머니 괜찮아?"

한참 떡볶이를 맛있게 먹던 수미가 갑자기 할머니 이야기를 꺼냈다.

"할머니? 처음보다 많이 괜찮아졌어."

"실은 어제 엄마랑 같이 할머니 댁에 갔었거든."

"그래?"

사실 제호는 이미 알고 있었다. 전날 저녁 오랜만에 엄마와 전화 통화를 하다 얘기를 들었다. 이제야 떠올랐다. 방금 전 아내와 만났을 때, 고맙다는 말을 하고 싶었는데 이상하게 떠오르지 않았다. 무언가를 얘기하고 싶었는데 그것이 무엇인지 기억하지 못한 채 가만히 그녀를 쳐다보고만 있었던 것이다.

"응. 힘들어하시면서도 잘 걸으셔서 안심하긴 했는데 그래도 걱정돼서…."

"수미가 걱정해 줘서 괜찮아지실 거야. 다음엔 아빠하고도 같이 가자."

"정말? 엄마, 아빠, 나 이렇게 셋이?"

"그래."

제호가 확신할 수 없는 약속을 함부로 했다. 그도 지킬 수 없을 거란 예상을 하면서도 섣불리 말을 꺼냈다. 그 안에는 약간의 바람도 섞여 있었다.

"엄마한테 다음 주에 다 같이 가자고 말해야지."

"수미야, 오늘 어디 가고 싶은 데 없어?"

제호가 한껏 들뜬 수미를 말리려 대화 주제를 급하게 바꿨다.

"이미 생각한 게 있는데."

"어디?"

"서점."

"서점?"

제호와 수미가 인근에 위치한 서점에 들어갔다. 수미는 얼마 전 친구들에게 추천 받은 청소년 소설을 사고 싶다고 말했다. 서점에 들어가자마자 가장 잘 보이는 곳에 위치해 있어 금방 찾을 수 있었다. 아이들 사이에서 엄청난 인기를 끌고 있는 책이었다. 직업이 작가이면서도 이 책의 존재를 처음 알게 된 것에 내심 창피했다.

아이는 판타지 물인 소설책을 들고 천천히 읽기 시작했다. 서 있는 자리에서 곧장 스무 페이지 이상을 집중해서 읽었다. 그 모습을 제호가 가만히 지켜보며 뿌듯함에 미소 지었다. 독서를 할 때 가장 집중력이 좋았던 자신의 어릴 때와 비슷한 모습이었다. 자신과 유사한 점을 발견했을 때 모든 부모가 기뻐한다고 하는데, 제호는 그 기분을 처음 느꼈다. 그동안 딸과 자신의 공통점을 찾는 게 무척 어려웠다. 사실 제호는 수미가 독서를 좋아했는지 지금껏 몰랐다. 일요일마다 함께 간 곳 중에 서점이나 도서관은 없었으니 모르는 것이 당연하다고 말할 수도 있겠지만, 아빠로서 딸에게 무관심했던 것은 아닌가 이 순간 반성했다.

얼마 뒤 수미가 고개를 들었다. 아이는 바라던 책을 발견한 기쁨에 환한 미소를 지으며 아빠를 올려다봤다. 제호는 고개를 살짝 끄덕이더니 계산을 위해 걸음을 뗐다. 그때 수미가 팔을 쭉 뻗어 아빠의 앞을 막아섰다.

"왜? 뭐 더 사고 싶은 책 있어?"

"아빠 소설책 보고 싶어."

"아빠 책?"

"응. 어디 있어?"

"그, 그게…."

제호가 딸의 손에 이끌려 억지로 검색대 앞으로 향했다. 별로 내키지 않았지만 어쩔 수 없었다. 컴퓨터에 '마지막으로 보낸 편지'를 쳤다. 하지만 그런 책은 나오지 않았다. 당황한 제호가 뒤통수를 긁적였다. 때마침 옆에 지나가는 직원이 보였다.

"저기 혹시 '마지막으로 보낸 편지' 없나요?"

"잠시만요."

직원이 컴퓨터에 책을 검색해 봤지만 역시나 그런 책은 안 나왔다. 그는 어딘가로 사라지더니 얼마 안 되어 다시 돌아왔다.

"죄송한데 재고가 없네요. 신청해 드릴까요?"

"아, 아닙니다."

얼른 수미의 손을 잡고 몸을 돌렸다. 그는 계산도 잊은 채 부리나케 입구를 향해 걸어갔다. 얼른 이곳을 빠져나가고만 싶었다. 자신의 소설이 어느 누구에게도 관심 받지 못하고 있다는 사실을 딸에게 보여주고 싶지 않았다. 그런 탓에 수미가 서점에 가고 싶다고 말한 순간부터 그는 마음이 불편했다. 점점 그의 발걸음이 빨라졌다. 수미가 따라가기 버거워할 정도로.

도둑질이라도 한 것처럼 빠르게 걷던 그의 두 발이 갑자기 멈췄다. 신간 코너에 쭉 늘어선 책들이 눈에 들어왔다. 그중 특히 그의 시선을 끄는 책이 한 권 있었다. 그 책을 본 제호의 얼굴이 급격히 어두워졌다. 마치 기대보다 못한 성적표를 받은 것처럼. 그런 아빠를 수미는 의아해하며 올려다봤다.

19

벌써 저녁노을이 지기 시작했다. 수미와 함께 아파트 단지 안으로 들어갔다. 아내와 장모님 그리고 수미가 함께 사는 노후된 4층짜리 아파트다. 워낙 오래된 곳이라 건물들 전부가 군데군데 금이 가 있고 그것을 하얀색 페인트로 대충 메꿔 더 누추해 보였다. 언젠가 재개발을 할 거라는 이야기가 소문으로 떠돈지 한참이지만 아직 기약이 없다. 사실, 그의 엄마와 여동생이 함께 사는 곳도 이곳과 데칼코마니처럼 똑같았다. 건물의 외형이며 재개발에 대한 소문까지. 심지어 그가 살고 있는 빌라라고 해서 별반 다르지 않았다.

이곳을 일주일에 한 번씩 찾았다. 이번처럼 수미를 아내에게 데려다주기 위해서. 6개월 전만 해도 직접 집 안으로 들어가 밥도 먹고 수미의 재롱도 다 같이 봤는데 그러지 못하는 신세가되었다. 단지 안에 들어와 가장 깊숙한 10동 앞에만 가면 정해진 시간에 맞춰 나온 아내가 떡하니 서서 수미만 확 낚아채 가기 때문이다. 어차피 들어갈 마음도 없었다. 무슨 염치가 있어안으로 들어가 장모님을 만날 수 있을까.

물론, 만난다면 아주 반갑게 맞아줄 분이라는 것쯤은 제호도 잘 알고 있었다. 자신의 엄마와 여동생이 아내를 아주 좋아하는 것처럼. 그럼에도 들어갈 용기가 나질 않았다. 무엇보다 아내가 떡하니 길을 막고 서서 아이만 내놓아라라는 식으로 말하니 들어갈 엄두가 안 났다. 그럴 때마다 자신이 마치 유괴범이라도 된 듯해 마음이 좋지 않았다. 그렇다고 해도 지금의 모든 상황이 자신의 탓이라 생각돼 가만히 따랐다.

"야야, 나한테 패스해."

어린 남자아이들의 목소리만이 조용한 단지 안을 채웠다. 입구에서부터 현재 걷고 있는 단지 중앙의 놀이터까지 사람을 별로 보지 못했다. 많은 주민들이 일요일을 이용해 어디론가 놀러 갔거나 집에 가만히 있는 것 같았다. 과거에도 이곳을 평일이고 주말이고 찾으면 거의 이런 분위기긴 했다. 뭔가 삭막하고 고요한 그런 분위기. 이곳에 거주하고 있는 주민들 대부분이 할머니, 할아버지라서 더 그럴 것이다. 중간중간 젊은 신혼부부들도 있었지만 그들은 항상 일을 하느라 바빴고 주말엔 어딘가로 놀러 갔다. 이곳을 지키는 이들은 노인들이었다. 장모님처럼.

깊숙이 더 들어갔다. 저 멀리 아내가 가만히 서서 걸어오는 두 사람을 지켜봤다. 언제나 그렇듯 그녀의 얼굴엔 특별한 표정이란 없었다. 메마른 감정으로 가만히 서 있을 뿐이었다. 제호가 거울을 볼 때마다 느끼는 자신의 얼굴처럼 그녀도 그랬다. 혹시 제호가 자리를 벗어난다면 다른 얼굴로 돌변할까. 정말로 그러진 않겠지만 그는 가끔 궁금했다.

"엄마."

수미가 엄마를 보자마자 반가움에 소리치며 달려갔다.

"잘 놀았어?"

"응. 책도 사고, 아빠가 만든 떡볶이도 먹었어."

"떡볶이?"

"응. 전엔 절대 먹지 말라고 했는데 이번엔 아빠가 직접 싸왔어. 되게 맛있어. 엄마도 먹어봐. 여기 남겼으니까."

수미가 때맞춰 옆으로 다가온 제호로 몸을 돌려 그가 들고 있는 비닐봉지를 손가락으로 가리켰다.

"근데 오늘따라 왜 일찍 오라는 거야?"

제호가 비닐봉지를 수미에게 건네며 물었다.

"일이 있어서 그래. 내가 곧 어디 가봐야 돼서."

"일요일인데? 아니 그리고 내가 직접 집까지 애 데려다주면 되잖아. 장모님한테."

"됐어. 말도 안 되는 소리하고 있어."

"그게 왜 말이 안 되는 소리라고⋯."

제호가 혼자 중얼거리며 괜히 주변을 두리번거렸다. 그때, 아내가 들고 있던 휴대폰이 울렸다. 그러자 아내가 급히 몸을 돌려 옆으로 걸음을 떼며 전화를 받았다.

"제가 바빠서요. 이따가 제가 전화 드릴게요."

제호가 아내의 통화에 귀 기울여 듣다 아내가 몸을 돌리자 관심 없었다는 듯 수미에게로 시선을 바꿨다. 하지만 아내는 제호의 고개가 휙 움직인 것을 알아차렸다.

"가 봐 그럼. 수미야 아빠한테 인사해."

"아빠 안녕."

"응. 그럼 다음 주에 보자 수미야."

제호는 터덜터덜 걸어서 아파트 단지를 빠져나왔다. 방금 전 통화가 누구였을까 자꾸만 떠올랐다. 상대방 목소리가 안 들렸다는 점이 자꾸만 아쉬웠다. 하지만 머리에서 지우려 애써 노력했다. 별거 아닌 전화일 것이라며 다독이기도 하고, 예전이라면 신경 쓰지 않았을 통화에 왜 이렇게 예민하게 구는 거냐며 자책하기도 했다.

한참을 걸어 큰길로 나온 뒤 지하도로 내려갔다. 그곳에서 지하철을 탔다. 확실히 일요일 저녁이라 그런지 지하철이고 버스고 사람들로 가득했다. 10대부터 30대까지 젊은 사람들이 대부분이었다. 그들 사이에서 제호는 쉽게 건들 수 없는 분위기를 풍겼다. 가는 내내 미간을 찌푸렸고 입을 굳게 다물었다. 안 그래도 쉽게 건들 수 없는 외모였는데 인상까지 쓰고 있으니 아무도 근처에 있지 않으려 했다. 그 좁은 지하철 안에서도 구석에 있는 제호 주변으론 둥그렇게 비어 있었다. 대신 저 멀리서 속닥이는 목소리만 살며시 들렸다.

"저 사람 거지 아냐?"

"거지?"

"나 전에 살던 곳에 그런 사람 한 명 있었거든. 비슷해 분위기가. 사람들이 그 거지보고 꽃거지라고 했었는데."

"에이, 그래도 거지는 아냐."

고등학생 남녀 무리들이었다. 제호는 정확히 알아차렸다. 자신을 향한 말이라는 것을. 그는 잠시 망설이다 학생들에게 다가갔다. 예전 같으면 못 들은 척하고 넘어갔겠지만 이번만큼은 이상하게 그러고 싶지 않았다. 승객들 사이를 가로질러 갔다. 학생들은 수염자국이 진한 어른이 뚜벅뚜벅 걸어와 엄숙한 표정을 짓자 움찔하며 입을 다물었다. 서로의 눈을 쳐다보며 해결책을 강구했지만 딱히 답이 안 떠올랐다.

"얘들아."

"네?"

가장 앞에 선 남학생만이 입을 뗐다.

"나 거지 아니다. 사람 가지고 뒤에서 수군대는 거 아냐. 알 았어?"

"네…. 아, 알겠습니다."

제호가 대답하는 남학생과 그 뒤의 무리들을 한 명씩 쳐다보고는 몸을 돌렸다. 그러고는 얼른 옆 칸으로 넘어갔다. 수많은 승객들의 시선을 느끼며 계속 있을 수 없었다. 그런 관심이 조금은 벅찼다. 평소의 그였다면 학생들에게 가 따지지도 못했을 것이다. 애써 자신의 얘기가 아닐 거라 다독이며 넘겼을 게 분명했다. 그런 그가 어쩐 일인지 잔뜩 인상을 쓰며 다가가 혼을 냈다. 애써 무관심하려고 했지만 그게 쉽지 않았다. 자신의 행동에 제호는 내심 놀랐다.

옆 칸으로 넘어온 그는 가장 구석진 곳으로 빠르게 가 섰다. 자신의 옷매무새를 살폈다. 아무리 봐도 거지라는 얘기를 들을 만큼 초라해 보이진 않았다. 그저 아이들의 철없는 생각이라 여기기로 하며 애써 자신을 달랬다.

사실 그의 행색이 이런 말을 들을 정도로 추레한 것은 절대 아니었다. 지극히 평범했다. 평범한 청바지와 평범한 티셔츠를 입었고 평범한 남방셔츠를 걸쳤다. 어디에서나 쉽게 접할 수 있는 그런 복장이었다. 그럼에도 아이들의 눈에는 이상했던 것이다. 대략 저 정도 나이에 있는 성인 남성이 입기에는 너무 후줄근하다고 그들은 생각했다. 그것은 아이들이 갖는 또 다른 편견일지 모른다. 그들이 꿈꾸는 자신의 수십 년 뒤 모습은 절대 저러지 않을 테니까. 훨씬 더 멋지고 화려할 테니까.

거의 30여 분의 시간이 흘렀고 다시 바깥으로 나왔다. 멀지 않은 곳에 위치한 정류장으로 향했다. 5분 정도 기다렸나. 원하는 버스가 왔고 맨 뒷좌석에 앉았다. 그는 언제부턴가 맨 뒷자리에 앉는 게 습관이 되었다. 그곳에 앉아 창밖을 보며 생각에 잠겨 있는 것이 그는 편하고 좋았다. 그렇게 오랜 시간이 지나자 방송이 흘러나왔다.

"이번 정류장은 ○○ 아파트 정문입니다."

어느새 잠들어 있던 제호가 기계 목소리에 저절로 눈이 떴다. 허겁지겁 자리에서 일어나 버스에서 내렸다. 그가 도착한 곳은 자신의 엄마와 여동생 미호가 사는 아파트다. 처음부터 계획을 세웠다. 이틀 전, 아내가 평소보다 수미를 일찍 데려다 달라고 메시지를 보냈다. 그때부터 저녁에 이곳을 찾기로 마음먹었다.

얼마 만인가. 이곳에 온 지는 정말 오랜만이다. 아마 6개월은 넘지 않았을까. 그때가 딱 아내와 별거를 시작할 때였다. 그 무렵 엄마와 동생 미호와도 연락을 사실상 끊고 지냈다. 얼마 전 병원에 입원했다는 연락을 받기 전까진 전화조차 받지 않았다. 그나마 문자에만 답장을 단답형으로 보낼 뿐이었다. 워낙 잠수를 자주 타 집에서도 큰 걱정을 하진 않았다. 물론 이번이 과거에 비해 훨씬 긴 시간이었다.

그러는 동안 아내가 수미를 데리고 한차례 찾아간 듯했다. 워낙 연락이 안 되어 걱정이 된 엄마의 전화에 아예 직접 찾아가 별거하게 된 상황까지 설명했다. 그것이 예의라고 그녀는 여겼던 것이다. 그 모든 사실을 제호는 최근에야 알았다. 미호에게서 타박 섞인 얘기를 듣는 내내 마음이 복잡했다.

띵동.

집 앞에 도착해 초인종을 눌렀다. 얼마 뒤, 문이 열리고 깜짝 놀란 미호가 나타났다.

"뭐야. 너 왜…?"

말을 똑바로 잇지 못하는 미호를 밀쳐 내듯 지나가 현관에 신발을 벗었다. 그러는 사이 소파에 앉아 있던 엄마가 고개를 돌려 제호를 발견했다.

"어? 제호 네가 웬일이야?"

엄마가 끙끙대며 자리에서 일어났다.

"웬일은 엄마 사는 집에 온 건데."

"그러니까 왜 연락도 없이 온 건데?"

미호가 반가워하는 표정과 다른 못마땅해하는 투로 말하며 현관문을 잠갔다.

"배고프다. 저녁밥 좀 차려봐."

제호가 미호를 향해 말했다. 그러면서도 동생의 매서운 눈빛을 애써 피했다.

"여태 밥 안 먹었어?"

엄마는 마냥 걱정돼 안타까워하는 얼굴로 그를 바라봤다.

"와서 먹으려고 안 먹었지."

세 사람이 식탁에 옹기종기 모여 앉았다. 제호가 금방 한 그릇을 뚝딱 해치우고 두 그릇째 먹기 시작했다. 그가 식사를 하는 내내 옆엔 엄마가 맞은편엔 미호가 앉아 있었다. 셋이 식탁에 둘러앉은 것이 얼마 만인지 기억도 나지 않았다. 그만큼 오랜만에 함께 식사하는 것이다. 제호는 티 내지 않으며 식사에만 집중했지만 속으로는 이상한 꿀렁임 같은 것을 느꼈다. 분명 그때는 이렇게 둘러앉아 있는 것이 싫었는데, 일이 안 풀리기 시작한 뒤로는 최대한 이런 자리를 피하려고 노력했는데. 과거를 떠올리던 제호가 순간 숟가락을 멈췄다.

"맞다. 이거 사왔어."

제호가 급히 소파 옆으로 가 자신의 가방을 가지고 왔다. 지 퍼를 열어 그 안에 있는 두 개의 작은 박스를 꺼내 식탁 위에 올 려 두었다.

"뭔데 이게?"

"영양제. 다리 다쳤잖수. 이거 먹으라고. 뼈 건강에 좋대."

"너 오늘 뭐 잘 못 먹었어? 왜 그래?"

미호가 황당해하며 제호를 올려다봤다.

"뭐가."

"네가 돈이 어디 있어서 이런 걸 사. 보니까 비싼 것 같은데?"

엄마가 걱정하며 박스를 이리저리 살폈다.

"장사 잘되고 있으니까 걱정 말고 받아."

"진짜? 그럼 내 돈도 갚을 수 있는 거야?"

"그래. 갚을 거니까 걱정 마라."

"앗싸. 맞다. 원래 내 돈이지. 얼른 갚아. 안 그러면 찾아가서 협박할 테니까."

"아무튼 꼬박꼬박 먹어. 난 이제 갈게."

제호가 가방 지퍼를 닫으며 일어났다. 미호가 다가와 말없이 컵을 건네자 물을 한 모금 들이켰다.

"벌써 가려고? 식사 더 하지. 아직 많이 남았는데."

엄마가 자리에서 끙끙대며 따라 일어났다. 그러자 미호가 다급히 엄마 곁으로 가 부축했다.

"다 먹었는데 뭐. 그리고 이제 가야지."

"자고 안 가?"

"내일 아침부터 가게 문 열어야 돼. 암튼 갈게."

제호는 가방을 메고 걸어가 현관에서 신발을 신었다. 그 뒤를 미호와 엄마가 따라왔다. 그들의 발걸음에 아쉬움이 한껏 묻어났다.

"갈게."

제호가 문고리를 돌려 문을 열고 밖으로 나갔다. 마지막으로 손 인사를 나눈 뒤 문을 조심히 닫았다. 계단을 내려가는 그의 입가에 미소가 살며시 번졌다.

　새로운 한 주가 시작되는 월요일 아침이 되었다. 예전 같았으면 가장 끔찍하고 무서운 요일이었겠지만 이제는 꼭 그렇지만은 않다. 여전히 아침에 눈을 뜨는 것은 어렵고 귀찮은 일이었지만 새로운 하루를 맞이하고 보내는 일이 전보다는 수월했다. 적어도 심리 상태만큼은 전과 차이가 있었다. 줄 서서 기다리는 손님들을 맞이하고 그들의 카드나 현금을 받아 계산을 하는 일이 예상보다 훨씬 즐거운 일이었기 때문이다.

　거실 한쪽 면을 가득 채운 유리창을 통해 밖을 살폈다. 하늘은 며칠 만에 다시 회색빛이 돌았다. 안개까지 자욱하게 깔려저 멀리 보이던 높은 빌딩도 고개를 쭉 내밀고 자세히 살펴야 간신히 보였다. 최근 들어 이 정도로 안개가 심하게 낀 날은 처음이었다. 과거 해안가 근처에 살았던 적이 잠시 있었다. 정확히 해안가는 아니고 서해 근처의 어느 작은 도시였다. 아주 어릴 때 아버지 직장을 따라 잠깐 살았었는데, 아침만 되면 안개가 자욱하게 깔렸다. 그것을 해무라고도 불렀다. 어린 제호는 해무를 볼 때마다 이상하게 설렜다.

　그 시절에도 당장 비가 올 것 같은 어두운 날씨를 무척 좋아했다. 물론, 화창하고 맑은 날씨도 좋아한다. 다만, 바람과 햇빛 전부 적당한, 흔히들 말하는 좋은 날씨에는 밖을 나가는 것도 좋아하지만 회색빛이 감돌고 심지어 안개가 자욱한 날씨엔 집에서 밖을 관찰하는 걸 더 좋아했다. 지금도 마찬가지다. 가만히 창밖을 보면서 오랫동안 날씨만 구경하고 싶다는 마음이 솟구쳤다. 하지만 애써 고개를 돌렸다.

평소와 다를 바 없는 평범한 준비를 마친 뒤 가방을 둘러메고 집을 나섰다. 문을 닫고 나와 섰을 때 여전히 센서등은 작동하지 않았다. 익숙하게 휴대폰을 꺼내 손전등을 켰다. 손전등 불빛에 의지하며 천천히 계단을 내려갔다. 아침엔 굳이 손전등을 켤 필요가 없는데도 이젠 습관이 되었다.

제호는 이 빌라에 사는 사람들은 전부가 자신과 같은 부류인 것 같다고 생각했다. 어느 누구 하나 나서서 잘못된 부분을 고치려 하지 않고 그것에 순응하며 가만히 따라가는 것이 어쩜 이리 똑같은지. 바로 옆 빌라만 해도 무슨 일이 생기면 난리가 난다고 하던데 여긴 아무 일도 없다는 듯이 조용하기만 했다.

주택가 골목을 빠져나오자 대로변이 나타났다. 옆으로 몸을 돌려 바로 한 블록만 지나면 있을 상점가 골목으로 향했다. 가는 내내 고개를 들어 하늘을 올려다봤다. 여전히 안개가 자욱했고 어두웠다. 혹시 몰라 가방에 챙겨 둔 우산을 떠올리며 고민했다. 혹시라도 빗물이 머리 위로 떨어지면 우산을 꺼낼지 아니면 더 많이 내리기 전에 빨리 가게로 뛰어갈지. 어차피 근처라 무엇을 선택하든 올바른 판단이었다.

조금은 쓸데없는 고민을 하며 걷다 보니 어느새 상점가 골목 앞에 왔다. 역시나 그를 가장 먼저 반겨주는 것은 단풍나무였다. 얼마 안 있으면 잎이 완전히 붉은색을 띨 단풍나무는 위풍당당하게 그 자리 그대로 서 있었다. 단풍나무를 보며 위풍당당하다고 하는 말이 이상하고 어색했지만 여기서만큼은 어울렸다. 적지 않은 세월을 한자리에 가만히 서서 상인들과 손님들을 가장 먼저 맞아주었으니까. 제호는 그런 단풍나무를 보며 얼마 전까지 가졌던 불만이 떠올라 얼른 지나쳐갔다.

빠르게 걷자 상점가 가운데 즈음에 위치한 '여우별'에 금방 도착했다. 제호는 의아해하며 안을 살폈다. 이미 와서 정리를 하고 있거나 끝마쳤을 세아가 안 보였다. 자신이 혹시나 일찍 출근한 것은 아닌지 의심스러워 휴대폰을 꺼내 시간을 확인했다. 평소와 똑같은 시간이었다. 그렇다고 세아가 지각한 것은 아니니 차가 막혀 평소보다 조금 늦는 것이라 마음대로 판단하고 문을 열었다.

안으로 들어가며 제호는 다른 생각도 함께 했다. 떡볶이 소스를 처음 만들었을 때도 이렇게 늦게 왔었다. 그때를 떠올리며, 혹시나 오늘도 무언가를 준비하느라 늦는 것은 아닐까 살며시 작은 기대를 품기 시작했다. 혹시 음식뿐만 아니라 음악도 준비하는 것은 아닐까. 매장에 어울리는 음악을 선곡하다 늦잠 자는 장면이 머릿속으로 그려졌다. 그러면서도 자신을 다독였다. 지난번과 같은 일은 두 번 다시 없을 것이며 괜한 기대로 실망하지 말자고. 그리고 세아를 이런 일로 부담 주지 말자고. 그렇게 다독이며 가방을 푼 뒤, 매장 안을 평소보다 열심히 청소했다.

어느덧 칠판에 적힌 오픈 시간인 10시 30분이 되었다. 그때까지 세아는 오지 않았다. 조금씩 불안해졌지만 그럼에도 이해하려고 애썼다. 지금까지 지각은 딱 한 번이었다. 그것도 소스를 개발하느라 늦은 것이다. 이번 지각은 단순히 늦잠을 잔 것이어도 이해해 주자고 마음을 먹었다. 세아가 지금까지 한 것도 있고 이제야 두 번째다. 그 정도의 배려와 포용력은 발휘해 줘야 마땅하다고 생각했다.

다행이었다. 날씨가 안 좋아 아침부터 가게를 찾는 손님은 없었다. 원래 매콤한 떡볶이를 주로 팔아 아침엔 손님이 잘 찾지 않는 편이긴 했다. 게다가 날씨가 이러니 더욱 안 오는 것 같았다. 아마 점심시간도 최근 일주일 동안의 손님들보단 적을 것이다. 일주일 내내 점심시간엔 대기 줄이 끊기지 않았다. 오늘도 과연 그럴지 궁금했다. 날씨가 이런데도 올 정도라면 앞으로 장사는 큰 걱정 없을 것이기 때문이다. 오늘이 그 분수령이 되지 않을까 제호는 예측했다.

어느덧 중요한 점심시간이 다가왔다. 바로 '여우별' 장사의 분수령이 되는 그 점심시간이다. 그러나 세아는 아직 출근하지 않았다. 제호는 전전긍긍했다. 떡볶이 소스를 만들 수 있는 사람은 세아 한 명뿐이기 때문이다. 처음 소스를 개발해 가지고 온 날 세아가 방법을 알려주겠다고 했지만 제호는 한사코 거절했다. 굳이 알고 싶지 않았고 알 필요가 없다고 여겼다. 이런 상황이 생길 줄은 꿈에도 몰랐으니까. 그만둘 때가 되면 그때 물어봐도 늦지 않는다고 생각했다. 지금도 그렇지만 당시엔 더더욱 장사에 미련이 없었다. 그러다 보니 새로운 것을 배우는 일이 귀찮게 느껴졌다. 그 결과 오늘 같은 불상사가 발생하고 말았다.

어느덧 손님이 하나, 둘 가게 앞에 나타났다. 제호는 불안감에 얼굴이 벌겋게 달아오른 채, 어찌할 바를 몰라 가게 안을 이리저리 돌아다녔다. 도저히 가만히 있을 수 없었다. 그는 아랫입술을 물며 휴대폰으로 전화를 걸었다. 벌써 10통이 넘었다. 아무리 전화를 걸어도 세아는 받질 않았다. 무슨 큰일이라도 생긴 것은 아닐까 걱정하던 것도 잠시, 우르르 손님들이 등장하자 세아에 대한 불만이 극에 달해 씩씩대기 시작했다.

"얘는 왜 전화를 안 받는 거야. 이 시간까지 안 오면서."

손님들이 알아서 줄을 서기 시작했다. 가장 먼저 온 단골손님은 아예 가게 입구까지 들어와 얼른 결제를 하라는 듯 계산대 앞에 떡하니 서 있었다. 그 뒤로 줄이 줄다리기하는 것처럼 따닥따닥 붙었고 어느덧 창가 앞에까지 이어졌다. 총 다섯 팀이었다. 그 숫자를 넘겨서 줄이 서 있었던 적은 없었다. 다만, 점심시간이 끝날 때까지 다섯 팀이 계속 줄을 섰다. 그만큼 쉬지 않고 손님이 오는 것이다. 한 팀이 나가면 다른 팀이 채우는 식으로. 어쩔 때는 신기했다. 꼭 다섯 팀까지만 줄 서라고 한 적도 없는데 매번 그런 식이었다. 큰 식당만큼은 아니지만 이 정도면 분식집치고 굉장히 잘 되는 것이라 할 수 있었다. 문제는 손님을 모이게 만든 그 떡볶이 소스가 현재 없다는 사실이다. 심지어 그것을 만들 사람도 없다.

그런 사실을 모른 체 한껏 기대에 부푼 사람들은 날씨가 어

떻든 상관없이 환하게 웃고 있었다. 그 얼굴을 볼 때마다 제호
는 머리가 지끈거렸다. 멈추지 않고 전화를 걸었다. 벌써 30통
이나 전화를 걸었지만 세아의 목소리를 들을 수 없었다. 오히려
주문 왜 안 받느냐는 손님들의 타박만 귀에 들려왔다.

　얼른 다른 방법을 찾아야만 했다. 제호는 휴대폰을 앞치마
주머니에 넣고 잠시 고민에 빠졌다. 몇몇 손님들은 그런 그의
모습에 의아해하며 철판 떡볶이팬을 봤다. 딱 봐도 준비가 되어
있지 않았다. 그제야 아르바이트생 세아가 없다는 사실도 알아
차렸다. 워낙 에너지가 넘치고 목소리가 커 존재감이 엄청났고
단골손님들에게 인기가 많았다. 그런 그녀가 없는 것을 못 알아
차리면 그게 이상할 정도였다. 여러 가지 정황들을 간파한 손님
들이 수군대기 시작했다.

　"오늘은 떡볶이 못 만드나 봐."

　"아르바이트생 없다고 떡볶이도 못 만들어?"

　"그러게, 이상하다. 왜 저러지?"

　제호가 발만 동동 구르다 문득 한 가지 방법이 떠올랐다. 말
그대로 임시방편이다. 급하게 조리실을 나왔다. 좁은 입구에
서 있는 손님들을 비집고 가게 밖으로 나온 뒤, 몸을 돌려 줄 서
있는 손님들을 향해 입을 열었다.

"죄송합니다. 지금 소스가 준비되어 있지 않아서요. 얼른 준비해서 가지고 오겠습니다."

제호가 지금껏 보인 적 없던 공손함으로 상황을 설명하고는 뒤도 돌아보지 않고 뛰었다. 그는 평소처럼 가게 문도 안 잠그고 손님도 그대로 둔 채 어딘가로 향했다. 그 모습에 대기하고 있던 손님들 중 여럿은 수군대며 자리를 떠났고 또 몇몇은 궁금해 마냥 기다렸다.

미친 듯이 달려 도착한 곳은 근처의 대형 마트. 제호가 숨을 헐떡이며 대형 마트 안으로 들어갔다. 앞치마도 벗지 못한 그는 곧장 지하로 향하는 에스컬레이터에 발을 디뎠다. 지하 1층은 온통 식료품들이 있는 곳이다. 에스컬레이터에서도 기다리지 못한 그는 무작정 뛰었다. 지하 1층에 도착해서도 마찬가지로 카트를 끌고 자동차 경주하듯 사람들을 이리저리 피해 빠르게 움직였다. 그가 가쁜 숨을 쉬며 뛰어다니는 탓에 주변에 있던 사람들이 인상을 쓴 채 옆으로 몸을 피했다.

그가 멈춘 곳은 시판 소스가 있는 코너였다. 아래쪽에 위치한 떡볶이 소스 통을 카트 안 가득 실었다. 그것을 가게까지 어떻게 가져갈 것인지는 중요하지 않았다. 그저 카트에 가득 찰 때까지 마구 실었다.

1층으로 올라와 계산을 마치고 마트 정문을 통해 밖으로 다시 나왔다. 여전히 하늘은 어둡고 당장 비가 올 것만 같았다. 잠시 하늘을 보던 그는 마음을 다잡고 카트를 밀었다. 남들의 시선 따윈 신경 쓰지 않고 카트를 밀며 빠르게 달리기 시작했다. 중간에 신호를 기다릴 때에도 발을 멈추지 않았다. 멈출 수가 없었다. 마음이 급해 저절로 발이 제자리걸음을 했다.

"대놓고 카트 끌고 다니네?"

"그러니까 말이야. 저런 사람들 어떻게 할 수 없나?"

신호를 기다리는 다른 사람들의 따가운 눈총을 애써 모른 척했다. 어차피 점심시간만 끝나면 마트에 도로 갖다 놓을 것이다. 지금은 남들의 시선이 아니라 기다리고 있는 손님들이 더 중요하다. 이렇게 속으로 되뇌며 부끄러워하는 자신을 타일렀다. 얼마 뒤 신호가 바뀌었다. 제호는 양옆의 차를 확인할 겨를도 없이 또 뛰었다.

그렇게 달려 '여우별' 앞에 도착했다. 30분 가까이 기다려 준 손님과 새로 와 상황 파악이 덜 된 손님들이 여전히 줄을 서서 기다렸다. 제호는 연신 죄송하다는 말을 하며 가게 안으로 들어갔다.

곧장 시판 소스를 이용해 떡볶이를 만들었다. 순식간이었다.

초인적인 힘이 나온 듯했다. 드디어 완성된 떡볶이를 포장해 손님들에게 건넸다. 몇몇은 땀으로 범벅이 된 제호를 안쓰럽게 여겼고 또 몇몇은 위아래로 훑으며 의심스러운 눈초리를 보냈다. 그러거나 말거나 제호는 얼른 손님들을 다 보냈다.

일단 점심시간은 잘 보냈다는 생각으로 안도의 한숨을 쉬었다. 잠시 쉰 뒤 마트에 카트를 갖다 두고 가게로 돌아왔다. 조리실 의자에 털썩 앉아 창밖을 멍하니 봤다. 한가해진 길거리를 보며 앞으로 다가올 '여우별'의 상황을 예측하니 절망스러웠다. 분식집을 하면서 떡볶이 소스 하나 제대로 못 만드는 자신이 원망스럽기까지 했다.

어떻게 지나갔는지 모르게 시간이 흘렀다. 어느덧 삼총사를 비롯해 학생들이 올 시간이 되었다. 멍하니 시간만 보내던 제호가 4시가 되자 기계처럼 정신이 돌아왔다. 자리에서 벌떡 일어나 창밖의 소리에 귀 기울였다. 몇 분 뒤, 익숙한 목소리가 들렸다. 영락없이 그들이 온 것이다.

사실 제호는 궁금했다. 과연 맛이 어떻게 달라졌을지. 점심시간엔 전부 포장 손님밖에 없어 반응을 볼 수가 없었다. 이번엔 삼총사를 비롯한 학생 손님들의 반응을 보고 싶었다. 자리 잡고 앉아 평소처럼 떡볶이 3인분을 시킨 삼총사의 대화에 모든 정신을 집중했다.

"에이 뭐야. 다시 예전으로 돌아간 것 같은데."

"아냐, 그전보다 더 별로인 것 같아."

학생들의 가감 없는 평가가 조리실에 앉아 있는 그의 귀에 꽂혔다. 정확히는 과거의 맛으로 돌아간 것이다. 문제는 일주일 동안 특별한 소스의 맛을 느낀 터라 예전의 평범했던 맛보다도 더 맛없게 느끼고 있다는 사실이다. 어차피 그들은 맛보다는 대화를 하며 시간을 보낼 공간으로 이곳을 찾는 것이라 큰 문제가 아닐 수 있었다. 하지만 포장 손님들은 다를 것이다. 맛이 형편없어졌다고 소문도 돌 것이다. 앞으로의 장사를 생각하니 막막하기 시작했다.

1시간 뒤, 학생들이 전부 떠났다. 힘이 쭉 빠진 제호는 터덜터덜 가게 밖으로 나와 칠판을 안으로 집어넣었다. 재료가 부족해서 일찍 닫았던 지난주와 달리 자신의 무기력함으로 일찍 문 닫기로 했다. 예전처럼 말이다.

21

제호가 커피포트에 물을 담았다. 평소 커피를 마실 때보다 많은 양을 담은 뒤 전원을 켰다. 잠시 잠잠하던 커피포트가 오토바이 엔진 소리 같은 큰 소리를 내면서 부글부글 끓기 시작하더니 얼마 지나지 않아 연기가 뭉게뭉게 피어올랐다. 그러는 동안 편의점에서 산 컵라면에 분말스프를 붓고 캔 맥주를 꺼내 옆에 두었다. 그 상태로 커피포트만 멍하니 바라보며 서 있었다. 오늘 하루 동안 겪었던 일들에 대해 생각하자, 모든 상황들이 주마등처럼 지나갔다. 시판 소스를 사기 위해 마트로 달려갔던 자신의 모습, 한참을 기다리던 손님들의 지쳐 있는 표정, 떡볶이를 먹은 학생들의 부정적인 반응. 이 모든 게 그에게는 악몽 같았다.

사실 과거의 제호를 생각하면 별거 아닌 일이었다. 손님이 얼마나 기다리든, 떡볶이를 맛없어하든 관심 없었으니까. 그렇게 장사하던 그였기에 어쩌면 이런 일은 아무것도 아닌 해프닝에 지나지 않는 것이었다. 그런데 왜 이렇게 걱정하고 고민하고 있는 건지 자신조차 이해할 수 없었다. 어쩌면 꿈같은 일주일의 장사가 내심 기뻤던 것은 아닐까. 아니, 그것이 맞다. 살면서 몇 번 겪지 못했던 성취감이었다. 그것이 설사 자신보다 세아의 힘이 더 작용한 것이라 할지라도 말이다.

지금까지 성실하게 장사에 임하지 않은 것도 실은 또 다른 실패가 두려워 그랬던 것인지도 모른다. 애써 외면하고 있을 뿐 이미 알고 있던 사실이다. 자신의 행동과 마음을 때론 자신조차 알지 못해 깊게 탐구해야 알아차릴 때가 있다. 제호도 자신을 탐구하려 노력했다. 객관성을 잃지 않기 위해 자신을 쉬지 않고 의심하며 끈질기게 노려봤다. 그 결과, 자신은 거듭된 실패에 지쳐 또 다른 무언가에 몰두하지 않는 것이라 판단 내렸다.

그러면서도 강력하게 원했다. 티는 절대 내지 않았지만, 심지어 자신조차 절대 아니라고 속였지만 실은 장사를 잘하고 싶었던 것이다. '여우별'을 맡아 운영하면서 항상 자신에게 말해왔다. 이것은 친구의 부탁을 들어주는 것일 뿐, 생활비를 위해 잠시 시간을 내는 것일 뿐 나의 것은 아니다. 그러니 몰두하지 말고 에너지를 비축해야 된다. 내면 깊숙한 곳에서 그런 식으로 사고를 하며 노력하지 않으려 애썼던 것이다. 그러나 그것조차 거짓이었다.

탁.

커피포트가 다 끓었다. 컵라면에 팔팔 끓는 물을 부었다. 제조사에서 정해준 경계선까지 물을 붓고 커피포트를 제자리에 두었다. 컵라면의 뚜껑을 닫고 그 위에 나무젓가락을 올려 두었다. 그 상태로 또 몇 분간 기다려야 한다. 평소라면 그사이 TV나 컴퓨터를 켰을 것이다. 아니면 미리 컵라면을 식사할 곳에 가지고 가 준비하고 있었을 테지만 지금은 그 어떤 것도 하지 않았다. 그럴 정신이 아니었다. 지쳐있었다. 몸이 고된 것이 아니었다. 일종의 스트레스였다. 세아와 계속 연락이 안 된다면 앞으로 어떻게 해야 될지 도저히 답을 내릴 수 없었다. 그렇다고 진우에게 전화하고 싶진 않았다. 혼자의 힘으로 위기를 벗어나고 싶었다. 그리고 가까스로 벗어난다면 어떻게든 똑같은 상황을 만들지 않도록 할 것이다.

아무튼 중요한 건 지금의 상황을 잘 벗어나는 것이다. 싱크대에 등을 댄 상태로 휴대폰을 주머니에서 꺼냈다. 세아에게 전화를 걸었다. 역시나 신호음만 울릴 뿐 받질 않았다. 벌써 60통째다. 이번이 마지막 전화다. 어차피 받지 않을 거란 사실을 잘 알면서도 혹시나 하는 마음에 걸었던 것이다. 자꾸만 후회가 밀려왔다. 소스 만드는 방법을 알려준다고 할 때 알아둘 걸. 그땐 자신에 대해 잘 모를 때였다. 장사에 대한 마음을, 성공에 대한 갈망을. 사실, 모르는 게 아니라 본인에게 속고 있을 때라는 말이 더 정확했다.

하지만 확실한 대책이 안 떠올랐다. 한참을 고민한 끝에 결국, 가게 문을 닫고 기다리기로 결정했다. 누구보다 세아의 성격을 잘 알고 있다고 자부하는 제호는 금방 다시 연락이 올 것이라 믿었다. 어차피 혼자 장사를 한들 맛에 대한 안 좋은 평만 더 퍼져 악영향을 끼칠 것이 분명했다. 며칠만 문을 닫고 기다려보자.

나무젓가락을 둘로 쪼갠 뒤 컵라면 뚜껑을 열었다. 물에 젖은 면을 젓가락으로 휘휘 저었다. 그리고 다시 뚜껑을 닫고 그 위에 젓가락을 올려 두었다. 한 손엔 컵라면을 다른 한 손엔 캔맥주를 들고 부엌을 나왔다. 소파 앞에 있는 키 낮은 테이블에 둘까 고민하다 몸을 홱 돌려 현관으로 향했다.

현관문을 열고 밖으로 나갔다. 확 닫히는 문에 발을 집어넣었다 빼며 조심히 문을 닫았다. 복도는 여전히 어두웠다. 계단 역시 마찬가지였다. 아주 조심히 첫발을 뗐다. 다행히 발을 계단 위에 잘 올려 두었다. 이후 투시력이라도 있는 것처럼 계단의 실루엣을 자세히 살피며 한 발 한 발 움직였다. 이곳에 오래 지내서인지, 옥상을 자주 올라가서인지 다행히 넘어지지 않고 잘 올라갔다.

옥상 문 앞에 선 뒤 캔 맥주를 어설프게 주머니에 넣고 문고리를 돌렸다. 시원한 바람이 훅 들어왔다. 이것이다. 그가 지금 이곳을 찾은 이유. 만족해하며 넓은 평상이 있는 옥상을 가로질러 갔다. 난간 앞에 선 그는 컵라면과 캔 맥주를 그 위에 올려두었다. 곧바로 컵라면을 먹기 시작했다. 배가 고프진 않았다. 그저 저녁 식사를 해야 했기에 먹는 것이다. 라면을 입에 가득 넣고 한참을 우적우적 씹으며 천천히 주변을 구경했다.

안개가 자욱하게 깔린 것이 나름 운치 있었다. 애간장을 태우듯 하루 종일 비가 올 듯 말 듯한 날씨가 지속됐다. 그는 하루에도 몇 번씩 고개를 젖혀 하늘을 그리고 구름을 올려다봤다. 날씨가 좋거나 나쁘거나 낮이거나 밤이거나 그는 자주 고개를 젖혔다. 습관처럼. 무언가를 찾고 있는 것처럼. 하지만 그는 단 한 번도 찾지 못했다. 어쩌면 절대 찾지 못할 것이다. 그가 찾는 그 무엇인가를 자신도 정확히 알지 못하니까. 매일매일 무언가를 애타게 그리워하며 찾고 있었지만 그것이 대체 무엇인지 알 수 없었다. 이러고 보니 자기 자신에 대해 모르는 것이 많다고 제호는 문득 생각했다.

컵라면을 다 먹고 반쯤 남은 맥주를 벌컥벌컥 마셨다. 어쩌면 이곳에 올라온 이유가 컵라면을 먹으려는 것보다 바람을 맞

으며 맥주나 시원하게 마시려는 것은 아니었을까. 반이나 남아

있던 맥주를 단 번에 들이켠 뒤 캔을 손으로 찌그러뜨렸다.

"끄억."

트림이 절로 나왔다. 한 번으로 멈출 것 같던 트림이 연거푸

세 번이나 나왔다. 그러자 뭔가 뻥 뚫리는 기분이 들었다. 여기

서 내려가면 아쉬울 것 같았다. 자연스레 주머니에서 담뱃갑을

꺼내 담배를 입에 물고 불을 붙였다. 오랜만이었다. 옥상에 올

라와 라면을 먹고 맥주를 마시고 담배를 피우는 것이. 나름의

행복 중 하나였다. 이게 뭐가 그리 좋은 건지 잘 모르겠지만 아

무튼 한 번씩 올라와 이렇게 시간을 보내는 것이 제호는 꽤 좋

았다.

"후."

담배 연기가 굴뚝에서 피어오르는 연기처럼 둥실둥실 올라

갔다. 그것을 빤히 봤다. 그때였다.

"아저씨."

뒤에서 어린 꼬마의 목소리가 들렸다. 깜짝 놀라 몸을 휙 돌

리자, 그곳엔 옥탑방에 사는 어린 여자아이가 팔짱을 긴 채 제

호를 노려보고 있었다. 아이는 수미와 비슷한 또래로 보였다.

"어?"

"왜 툭하면 여기서 담배를 피워요? 옥상도 엄연히 우리한텐 마당인데. 왜 남의 집 마당에서 함부로 담배 피우는 거예요?"

"여기가 너희 집 마당이라고?"

"그래요."

제호는 어처구니없어하며 피식 웃었다. 그렇다고 수미와 비슷한 또래 아이하고 말싸움하고 싶진 않았다. 오히려 당돌한 면이 귀여웠다.

"알았어. 아저씨가 미안해. 담배 그만 피우고 내려갈게."

제호가 황급히 담배를 맥주 캔 안에 넣었다. 아이를 향해 가벼운 손 인사를 하며 문을 향해 걸어갔다. 여전히 아이는 팔짱을 낀 채 제호를 뚫어져라 째려봤다.

문을 열고 휴대폰을 열어 손전등을 켰다. 아까와 달리 계단이 적나라하게 보였다. 손전등 불빛에 의지해 천천히 내려갔다. 얼른 가 씻고 잠들고 싶었다. 그것 말고는 그 어떤 것도 하고 싶지 않았다.

띠링.

갑자기 카카오톡 메시지가 왔다. 메시지가 온 것은 이틀 만이었다. 내용을 확인한 제호가 움찔했다. 아내의 메시지였다.

22

잔뜩 긴장한 상태로 카페에 들어갔다. 점심시간이라 그런지 인근 빌딩들에서 일하는 직장인들이 가게 안을 가득 채웠다. 카페가 있는 곳 주변엔 높고 반짝반짝 빛나는 빌딩들이 여럿 자리했다. 흔히들 빌딩 숲이라고 부르는 곳들과 비슷한 수준으로 많았다. 직장인들은 모두 테이크아웃을 하려 길게 줄 서 있었고 제호도 그 줄의 끝으로 가 섰다.

유리문을 통해 밖을 봤다. 사람들이 점심시간의 한가함을 즐기며 돌아다니고 있었다. 그 위로 하늘은 여전히 회색 콘크리트처럼 어두웠고 안개가 짙게 깔려 있었다. 일기 예보에 의하면 앞으로도 며칠간 이런 날씨가 지속될 것이라 했다.

다시 앞으로 몸을 돌렸다. 앞사람과의 거리가 살짝 벌어졌다. 누군가 주문을 하고 줄을 벗어난 것이다. 얼른 한 걸음 앞으로 가 간격을 유지했다. 가만히 서서 주변을 두리번거렸다. 같은 줄에 서 있는 사람들 대부분이 직장 동료들과 함께 온 손님들이었다. 그들은 남녀 할 것 없이 깔끔한 정장을 입고 있었고 몇몇은 목에 명찰 같은 것을 걸고 있었다. 한눈에도 TV에서 보던 직장인들과 비슷했다. 분명 그들에게도 힘든 속사정은 존재하겠지만 제호 눈에는 한 사람 한 사람이 여유로움 그 자체였다. 어느 누구도 인상을 쓰거나 초조해하지 않았다. 점심시간의 그 한가함을 한껏 누리며 동료들과 웃고 있었다. 이 공간에서 여유를 못 즐기는 사람은 오직 제호 한 명뿐인 것만 같았다.

그들의 정갈한 옷을 보며 자신의 의상을 내려다봤다. 청바지에 누런 티셔츠, 그 위에 남방셔츠. 머리도 꽤히 지저분해 보였다. 평소에는 이상할 것 없어 보이던 스타일이었는데 이 자리에 있자 이상하게 마음에 안 들었다. 심지어 숨고 싶었다. 문득얼마 전 지하철 안에서의 상황이 생각났다. 남녀 고등학생 무리들이 자신을 향해 거지 아니냐는 철없는 농담을 주고받았던 상황이. 당시만 해도 어처구니없어 하며 넘겼는데 주변에 서 있는다른 이들이 자신을 어떻게 바라보고 있을지 걱정되기 시작했다. 이런 점 때문에 이곳에 오고 싶지 않았다. 하지만 어쩔 수 없었다. 아내가 이 근처에서 근무하고 있었고 그녀가 정한 장소였다. 어차피 어딜 가도 지금 이 시간이면 비슷한 감정을 느꼈을것이다.

제호가 회사 생활을 아예 안 한 것은 아니다. 딱 석 달 근무한 경험이 있었다. 지인의 소개로 들어간 곳이었는데 아주 작은 바이럴 광고 회사였다. 회사가 만들어진 지 얼마 안 되어 직원도 별로 없었고 체계가 전혀 잡혀 있지 않았다. 그때 제호는 지금 '여우별'을 운영하듯 당장의 생활비를 위해 들어갔던 것이다.

하지만 석 달 만에 그는 회사를 나왔다. 도저히 조직 생활에 적응을 할 수가 없었다. 어릴 때 학교는 어떻게 다녔는지 이해가 안 될 정도로 사람들과 어울리는 것이 벅찼다. 그렇다고 지금처럼 시니컬한 태도로 근무를 했던 것도 아니었다. 오히려 잘 지내보려 나름의 노력을 했다. 표정도 밝게 하려 노력했고, 대화에도 적극적으로 참여했다. 하지만 그것이 그를 더욱 빨리 지치게 만들었다. 특히, 누군가의 험담을 가만히 들어주는 것은 그에겐 무척 힘든 일이었다. 적극적으로 동참하지 않고 가만히 듣는 그에게 험담을 종용하는 것은 특히나 받아들이기 어려웠다. 그러면서 자신이 없는 자리에 그들이 내 욕을 하겠구나 생각하면 울컥하기까지 했다. 퇴사를 하며 책임감 없는 자신을 자책하면서도 마음이 한결 편안해지는 것을 느꼈다.

고개를 좀 더 돌려 시야를 넓혔다. 그곳엔 자리를 잡고 앉아 있는 손님들이 보였다. 그들은 직장인들로 보이진 않았다. 그럼에도 무언가 자기 할 일에 분주했고 몇몇은 친구들과 즐거운 한때를 보냈다. 바쁘게 몰두 중인 사람들은 자격증이나 외국어를 공부 중인 이들과 노트북으로 열심히 작업 중인 이들이었다. 무언가에 집중하는 에너지가 여기까지 느껴지는 것만 같았다. 어쩌면 제호에게선 앞으로 절대 나올 수 없는 그런 에너지가 아닐까. 그는 자신의 미래에 대한 비관적인 예상을 하고 나니 더 이상 그들을 볼 수가 없었다. 애써 고개를 돌려 앞을 봤다.

괜히 계산대 앞에서 한참을 서 있는 손님을 보며 미간을 찌푸렸다. 모든 불행이 저 사람 때문인 것처럼. 하지만 아르바이트생과 실랑이를 벌이는 저 손님 때문에 줄이 오랜 시간 멈춰있는 것은 사실이었다. 마음이 급해지기 시작했다. 와서 기다리고 있을 아내가 생각났다. 이미 연락을 받았음에도 2층에 올라가 인사를 나눌 생각도 하지 못한 채 몸이 가는 대로 줄을 섰다. 어차피 다시 내려와 커피를 주문해야 했기 때문이기도 했다. 하지만 의외로 시간이 오래 걸리자 2층에 앉아 있을 아내에게 미안한 마음이 들었다.

미간을 잔뜩 찌푸린 제호가 숨을 후 뱉고는 주변을 살폈다. 줄을 선 사람들 전부가 길어진 대기 시간에 수군대기 시작했다. 그 분위기에 힘을 얻은 것일까 아니면 요즘 들어 잔뜩 쌓인 스트레스 때문인 걸까 제호가 용기를 내 크게 소리쳤다.

"거, 빨리 좀 합시다."

그의 말이 신호탄이 된 듯 주변에 있던 다른 대기 손님들도 하나둘 불평을 쏟아냈다.

진상 손님은 따가운 눈총에 더는 못 버티고 자리를 벗어났다. 그녀가 커피 나오는 곳으로 가면서 뭐라고 중얼거렸지만 뭐라고 하는지 제호에게까지 들리진 않았다. 그러나 아르바이트생의 귀에는 들린 모양이다. 진상 손님을 노려보던 그녀는 다음 손님을 향해 애써 웃음을 지었다. 그 모습이 제호의 눈엔 아주 프로페셔널하게 보였다. 자신이라면 절대 저러지 못했을 것이기 때문에 더욱 대단하게 느껴졌다. 아마 제호였다면 항의하는 손님에게 같이 대응하거나 무시했을 것이다. 그리고 다음 손님을 향해 웃지도 않았겠지. 지금 그가 '여우별'에서 그렇게 하고 있으니 그것은 추측이 아니라 사실이었다.

이후로 줄이 빠르게 줄어들더니 제호의 순서가 왔다. 그는 언제나 그렇듯 아메리카노를 주문했다. 특별히 다른 커피를 마신 적이 없다. 잘 알지도 못했다. 가장 무난한 아메리카노만 마셨다. 이번에도 마찬가지로 똑같은 주문을 하고 진동벨을 받아 옆으로 가 자신의 커피가 나오기만을 기다렸다. 어차피 밑에서 기다렸다가 올라갈 것이라 진동벨이 필요는 없었지만, 그저 쥐어 주니 가만히 받았다.

대부분이 테이크아웃 잔을 받아들고 카페를 빠져나갔다. 다들 직장인들이니 커피를 마시며 회사로 돌아가는 것이다. 그들의 순서가 지나고 제호의 손에 들린 진동벨이 울렸다. 쟁반은 필요 없다며 손짓하고는 커피가 담긴 잔을 들었다. 드디어 2층을 향해 움직였다. 이곳에 온 지 정확히 15분 만이었다. 지금까지 카페를 많이 다닌 것은 아니지만 이렇게 오래 기다린 적은 처음이었다.

계단을 올라 2층에 도착했다. 고개를 좌우로 움직였다. 저 멀리 창가에 앉아 있는 아내가 보였다. 그곳을 향해 조심스럽게 걸어갔다. 아내는 턱을 괸 채 무표정하게 창밖만 유심히 바라보고 있었다. 얼마나 그것에 집중한 것인지 제호가 근처에 와 서 있는 것도 한참 동안 몰랐다.

"크음."

제호가 괜히 헛기침을 하며 자신이 왔음을 알리자, 그제야 아내가 움찔하며 고개를 돌렸다. 제호를 확인한 아내의 얼굴이 급격히 어두워졌다.

"미안. 어떤 이상한 사람이 아르바이트생이랑 말다툼을 하더라고. 그것 때문에 좀 늦었네."

"괜찮아. 앉아."

제호가 아내의 맞은편에 앉아 컵을 내려놓았다. 어떤 말을
꺼내야 할지 알 수 없었다. 그냥 아내의 눈치만 살피며 가만히
앉아 있었다. 먼저 연락한 쪽은 아내이니 그녀가 무언가 말을
꺼낼 때까지 기다려 보기로 했다.

"오늘 가게는?"

"당분간 안 열어."

"왜?"

"그럴 일이 좀 있어서⋯."

"잘 안돼?"

"아니야. 아르바이트생이 갑자기 잠수를 타서. 아무튼 곧 다
시 열 거야."

"응⋯."

"그런데 무슨 일이야? 갑자기 연락을 다 하고?"

"아⋯."

아내가 다 식은 커피를 한 모금 마셨다. 제호도 그녀를 따라
커피를 한 모금 들이켰다.

"악."

아직 김이 모락모락 피어오르는 커피를 무턱대고 마시다 놀란 제호가 컵에서 급히 얼굴을 뗐다. 입에 묻은 커피를 손으로 닦으며 컵을 테이블에 올려 두자, 그 모습을 가만히 보던 아내가 앞에 있는 티슈를 건넸다.

"아, 응….."

제호가 쑥스러워하며 손과 입에 묻은 커피를 닦았다.

"우리 이혼하자."

결심이 선 아내가 선전 포고하듯 말했다. 컵을 닦던 제호가 아내의 말에 동상처럼 굳었다. 아주 느릿느릿 고개를 들어 아내를 봤다. 그녀는 단호한 표정으로 제호를 내려다보고 있었다.

"느닷없이 무슨 이혼이야. 늦어서 그래? 아님 커피 흘리는 게 한심해 보였어? 갑자기 무슨 소리 하는 거야?"

"하, 이혼하자고. 이미 예상했잖아."

그는 전혀 예상하지 못했다. 어쩌면 인정하고 싶지 않았던 건지도 모른다.

"전혀 몰랐어. 갑자기 좋은 일이라도 있는 줄 알고…."

"좋은 일 있을 게 뭐가 있어 우리한테. 그리고 우리 6개월 됐어, 따로 산 지. 이젠 확실히 해야 할 것 같아."

제호가 아무런 대꾸도 못하고 허망한 표정으로 아내를 봤다.

원망 가득한 눈빛에 부담을 느꼈는지 아내가 창밖으로 고개를 돌렸다.

"… 혹시 남자 생겼어?"

"뭐라고?"

"그사이에 남자 생겼냐고. 지난번에 수미랑 있을 때도 누구랑 전화 통화했잖아. 그 사람 아니야?"

"정말…. 고객 전화야. 급하게 일이 생겨서 전화 온 거라고. 그리고 그 고객은 여자야. 내 또래 아이 엄마라고."

"아무튼 남자 생긴 거 아니란 거지?"

"휴, 그래. 진짜 왜 그래…."

"아니, 그럼 왜 이혼하자는 건데? 잘 해보려는 노력도 안 하고."

"노력? 그러는 당신은 했어?"

"나는…."

더 이상 말을 잇지 못했다. 노력이란 단어에 아무런 대꾸도 할 수 없었다. 분명 무언가 노력하고 있다고 자신에게 말해왔지만 그것이 정확히 무엇인지 알 수 없었다.

"6개월 동안 따로 지내면서 저절로 마음의 정리가 됐어. 우리 이제 그만하자."

"이혼하자는 거. 진심이야?"

"…."

아내는 대답하지 못한 채 자리에서 벌떡 일어났다. 제호가 애처로운 눈빛으로 그녀를 올려다봤다. 그 눈빛에 아내는 아랫입술을 물며 고개를 휙 돌렸다. 그리고 빠르게 자리를 벗어났다. 멀어져 가는 뒷모습을 빤히 보던 제호는 한숨을 푹 쉬며 차갑게 식은 아내의 커피에게로 시선을 돌렸다. 자신을 향한 그녀의 마음 같은 그 커피에게로.

창밖을 멍하니 바라봤다. 답답한 마음에 넓은 곳을 보고 싶었다. 그러다 건물을 빠져나오는 아내를 발견했다. 그녀는 힘없이 터벅터벅 걸어가며 울고 있었다. 지나가는 다른 사람들이 쳐다볼 정도로 아주 서럽게.

23

띠링.

카카오톡 메시지가 왔음을 알리는 알림음이 울렸다. 그 소리에 침대에 누워 자고 있던 제호가 몸을 뒤척였다. 다행히 잠결에도 그 소리를 들은 모양이다. 하지만 단번에 정신이 돌아오진 않았고 눈도 여전히 감겨 있었다. 그저 미간을 잔뜩 찌푸린 채 몸을 이리저리 움직일 뿐이었다. 말이 이상하지만 아무튼 그는 아직 잠에서 깨어나지 않았다.

얼마 안 되어 움직임을 멈추고 한 팔이 머리 위로 다른 한 팔이 배 위로 올라간 그리고 한쪽 다리가 반쯤 접힌 이상한 자세로 다시 잠이 들었다. 그 상태로 꼼짝하지 않고 계속 누워 코까지 골며 잤다. 또 십여 분의 시간이 지났다.

띠링.

두 번째 알림음에 제호가 또 몸을 뒤척이다 간신히 한쪽 눈을 떴다. 이번에는 알림음 소리가 제대로 귀에 박혔고 뇌에 꽂혔다. 도저히 눈을 안 뜰 수가 없었다. 누워있는 상태에서 두 팔을 높게 들고 기지개를 쭉 폈다.

"윽."

허리 통증에 기지개를 급히 멈췄다. 방금 전 짧은 수면 시간 동안 취한 이상한 자세가 원인인 듯했다. 오히려 그게 도움이 되었다. 완전히 잠에서 깰 수 있었으니. 느릿느릿 상체를 일으켜 다리를 쭉 뻗은 상태로 앉았다. 손을 뒤로 돌려 등을 두드리며 한숨을 푹 내쉬었다.

전날, 아내에게 이혼 통보를 받고 집에 돌아와 저녁 내내 술을 마셨다. 편의점에서 소주와 맥주를 각각 다섯 병씩 샀다. 그때만 해도 다 마시게 될 줄은 전혀 예상하지 못했다. 하지만 전혀 멈출 수가 없었다. 마시면 마실수록 더욱 술이 고팠다. 아내의 슬프면서도 냉정한 표정과 떨리면서도 단호한 목소리가 자꾸만 떠올랐다. 분명 그녀에게서 느낄 수 있었다. 이혼을 원하지 않는다는 사실을. 10년이란 시간을 부부로 지내왔기에 제호는 누구보다 정확히 진심을 알 수 있었다. 그렇지만 지금 당장 자신의 능력으로 상황을 바꿀 수 없다는 현실이 제호를 더 안타깝게 만들었다.

머리가 깨질 듯 아파 왔다. 이 순간만큼은 그 어떤 것보다 두통과 매스꺼움이 가장 힘들다. 거기에다 방금 전 자세 때문에 등과 허리가 쑤실 듯이 아팠다. 여러모로 최악의 아침을 맞이했다. 지난주 내내 행복한 나날을 보냈다. 최근 몇 년 중 가장 즐거운 일주일이었다. 좋았던 한 주를 보내자마자 최악의 한 주를 시작했다. 월요일부터 세아의 결근이 있었고 다음 날에는 아내의 이혼 요구가 있었다. 그리고 수요일 아침 숙취가 괴롭게 만들었다. 여기서 더 힘든 일이 또 있을까. 그때 세 번째 알림음이 울렸다.

그제야 자신이 어떤 계기로 눈을 떴는지 깨달았다. 침대 머리맡에 있던 휴대폰을 들어 메시지를 확인했다. 세 통의 메시지 전부 여동생 미호가 보낸 것이었다.

야, 병원에 와. 엄마 아프셔서 어제 다시 병원에 왔어.

빨리 안 오냐?

오기 싫음 말아. 어차피 오후에 퇴원할 거니까.

다급하게 움직인 제호가 지난번에 갔던 그 병원으로 다시 출발했다. 가는 내내 마음이 안 좋았다. 이번에도 바로 다음 날에 퇴원할 정도라니 큰 문제는 아닌 듯했다. 하지만 두 번 다 중요할 때 함께 하지 못한 것이 마음에 걸렸다. 병원에 가자마자 왜 연락하지 않는지 미호가 원망스럽기까지 했다. 분명 배려였을 것이다. 밤늦게 일어난 일이고 당장 큰일이 일어난 게 아니니 최대한 자기 선에서 일을 해결하고 연락하고 싶었을 마음이 분명했다. 그럼에도 그 판단이 아쉬웠다.

지하철과 버스를 타고 가는 내내 마치 불효자가 된 듯해 마음이 불편했다. 힘들 때 옆에 있어주지 못하고 다 끝나고 나서야 나타나 퇴원 수속만 밟는 것이. 사실, 불효자가 맞다. 사십여 년 동안 제대로 된 효도 한 번 해 본 적이 없었다. 효도라는 게 어떤 건지 정해진 답은 없지만, 제호는 자신을 불효자라고 이미 예전부터 판결을 내렸다. 심지어 최근엔 가까이 살면서도 찾아가기는커녕 연락도 끊고 살았다. 그것 하나만으로도 그는 죄인이 된 듯했다.

역시나 버스 맨 뒷자리 구석에 앉은 제호가 시선을 창가에서 정면으로 돌렸다. 저 앞에 허리가 반쯤 굽은 백발의 할머니가 겨우겨우 버스에 오르고 있었다. 버스 기사가 자리에서 벌떡 일어나, 할머니의 보행기를 받아 옆으로 치우고 손을 잡아주었다. 할머니는 다른 한 손으로 자신의 무릎을 짚으며 간신히 버스에 올랐다. 그러자 이미 보행기를 잡고 서서 자신의 자리를 비어둔 대학생쯤으로 보이는 여자가 할머니를 부축해 자리에 앉혔다. 할머니는 보행기를 잡고 옆에 서 있는 학생에게 연신 고맙다고 감사 인사를 전했다.

예전이라면 별로 와닿지 않았을 장면이 오늘따라 마음에 콕 박혔다. 병원에 가는 길이라 더 그런지 모르겠다. 엄마의 나이가 맨 앞좌석에 앉은 할머니에 비하면 훨씬 젊은 것은 분명했지만 그래도 마음이 뒤숭숭해지는 것은 어쩔 수 없었다. 자신의 나이와 엄마의 나이를 떠올려봤다. 초등학교 2학년일 때 엄마의 나이가 몇 살이었던가. 지금의 자신보다 더 어리다는 사실에 조금 놀랐다. 같은 나이의 자식을 키우면서 이렇게 다른 삶을 살 수 있을까. 새삼 자신이 어떤 삶을 살고 있는지 느낄 수 있었다. 여러 가지 감정이 뒤섞인 제호가 애써 고개를 돌려 안개가 자욱한 어두운 창밖을 봤다.

얼마 뒤, 병원에 도착했다. 병원 안은 평일 오전임에도 많은 사람들로 북적였다. 그 안에 있기보단 얼른 올라가는 편이 좋은 제호는 엘리베이터를 타고 미호가 알려준 병실로 향했다. 금방 도착해 안으로 들어갔다. 엄마와 미호가 이번에도 가장 구석진 자리를 차지했다. 그곳에는 엄마 나이대의 환자들이 여럿 있었다. 그들을 지나쳐 구석진 창가 자리 앞에 도착하자 미호와 엄마가 그를 발견했다.

"왔냐?"

미호가 팔짱을 낀 채 제호를 올려다봤다.

"금방 퇴원할 건데 뭐 하러 왔어?"

엄마가 걱정스러운 얼굴로 제호를 바라보며 마음에도 없는 소리를 했다.

"그래도 와야지."

제호가 괜히 머쓱해하며 발끝으로 바닥을 툭툭 쳤다.

"별거 아니야. 수술했던 곳이 갑자기 아파서 응급실에 갔는데 검사해 봤더니 큰 문제는 아니래. 병원에선 며칠 입원하라는데, 좀 답답하네. 물어보니까 전처럼 통원 치료 해도 된다고 해서 그러려고."

"그래도 좀 입원해 있지 그래. 그게 낫잖아."

"생각 좀 해보고."

엄마와 대화를 마친 제호가 미호에게 따라오라 손짓한 뒤 병실을 나갔다. 미호는 귀찮았지만 대화를 하고 싶어 오빠를 따라나섰다. 두 사람은 지난번의 경험대로 병원 밖으로 나가 담장 앞에 나란히 섰다. 약속이나 한 듯 제호는 주머니에서 담뱃갑을 꺼냈고 미호는 보지도 않고 손을 내밀었다. 두 사람은 이번에도 담배를 나눠 피우며 다른 곳을 바라봤다.

"언니랑은 어때?"

갑작스러운 물음에 제호가 고개를 미호에게로 돌렸다. 혹시나 뭘 알고 물어보는 것은 아닌지 의심스러웠다. 하지만 이혼에 관한 이야기를 모르더라도 얼마든지 물어볼 수 있는 질문이었다. 부부가 따로 떨어져 지내는데 가족이 궁금해하지 않을 수 있을까. 이혼 얘기는 꺼내지 않기로 마음먹고 입을 열었다.

"똑같지 뭐."

"두 사람 참 답답하다."

제호가 아무런 대꾸도 못하고 담배만 피우며 건너편 약국과 죽 전문점의 수많은 손님들만 바라봤다. 사실은 그냥 볼 뿐 머릿속은 다른 생각으로 복잡했다. 사실 미호에게 왜 따라 나오라고 한 건지 자신도 이해할 수 없었다. 그저 함께 담배 피울 사람이 필요했던 것은 아닐까. 자꾸만 대답하기 곤란한 질문을 할 것 같아 후회스러웠다.

"'여우별'인가하는 분식집은? 어때?"

역시 말하기 곤란한 것을 콕 집어 물었다. 그럴 의도야 있었겠냐만 시원스러운 대답을 할 수 없는 제호의 입장에선 짜증 났다.

"잘 돼."

"정말? 의외네. 진우 오빠가 말하기론 망하기 직전이라던데. 뭐야, 자존심이야?"

"뭐? 하, 참. 망하기는 무슨…. 그리고 야, 넌 알면서 왜 물어봐."

"당사자한테 정확하게 들으려고 그랬지. 그건 그렇고, 원래대로 통원 치료할까 아니면 입원해 있을까?"

"의사는 뭐래?"

"입원하라고 그러지."

"그럼 그렇게 해야지 뭐. 차라리 그렇게 하는 편이 마음은 편하겠다."

"그래, 엄만 좀 답답하더라도 그게 더 안전하니까 어쩔 수 없지. 그러면 너도 이제 병원에 자주 찾아와서 함께 간호해야 돼. 알았어?"

"알아, 안다고. 안 그래도 그러려고 했어."

제호가 살짝 짜증 섞인 대답을 했다. 특별히 화를 낼 만한 대화는 아니었지만 이상하게 격한 감정이 올라왔다.

"이러고 또 안 오는 거 아니지? 지금까지 항상 말로만…."

"올 거라고 몇 번을 말해. 지 혼자만 효녀인 척하고 있어."

순간 울컥한 제호가 담배를 바닥에 휙 던지고 발로 세게 비벼 껐다. 그리고 미호를 지나가 다시 병원으로 향했다. 미호가 어처구니없어하며 걸어가는 오빠의 뒷모습을 쳐다봤다.

"야, 돈이나 갚아."

미호가 소리쳤지만 제호는 대꾸도 없이 건물 안으로 성큼성큼 걸어 들어갔다. 미호가 다시 고개를 돌려 담배를 피웠다. 건너편에 돌아다니는 사람들을 구경하며 온갖 잡생각을 하던 중, 방금 전 제호의 모습이 떠올라 피식 웃었다.

24

침대에 누워 하얀색 천장만 바라봤다. 그전처럼 숙취 때문에 누워있는 것은 아니다. 물론 전 날 저녁에도 술을 마시긴 했지만 맥주 2캔까지였다. 제호의 입장에서 다음 날 숙취로 고생할 정도는 전혀 아니었다. 맥주를 거의 매일 마셨고 그 정도는 이젠 음료수를 마시는 정도밖에 안 됐다. 지금은 그저 움직이고 싶지 않은 마음에 얼음에 갇힌 것처럼 가만히 있는 것이다.

어차피 움직일 필요도 없었다. '여우별' 문도 당분간 열지 않기로 했고 당장 약속이 있는 것도 아니었다. 이젠 빨리 일어나 씻어야 할 이유도, 밥을 먹어야 할 이유도, 바깥에 나가 바람을 맞아야 할 이유도 없었다. 낙서나 흠집 하나 없는 이상한 천장을 보는 것만이 그가 당장 해야 할 일인 것처럼 집중했다. 두 눈에서 눈물이 흐르는데도 눈 한번 깜짝이지 않고 가만히 보고 있었다.

심지어 바깥은 비가 내리고 있었다. 며칠간 지속된 어두운 날씨의 마지막은 많은 양의 비였다. 창을 넘어 들어오는 빗소리가 그를 더욱 감성적으로 만들었다. 원래 그런 점 때문에 비 내리는 날씨를 좋아했다. 비 내리는 날 하루 종일 집에 있으면 기분이 묘하게 좋았다. 빗소리를 듣는 것도, 바닥에 튀기는 빗물을 보는 것도, 창문을 타고 흘러내리는 물줄기를 보는 것도 전부 좋았다.

사실 지금도 눈으로 천장을 볼 뿐 빗소리에 더 집중하고 있다. 여기에 어울리는 노래만 있으면 딱 일 것이다. 하지만 이제는 감성이 너무 메말랐다. 종종 이런 날씨에 음악만 있으면 마치 타임머신을 탄 것처럼 감수성 풍부했던 당시의 제호로 돌아가곤 했다. 그러나 그것마저도 과거의 얘기가 됐다. 언제부턴가 타임머신은 작동하지 않았고 가만히 귀 기울여 빗소리를 듣는 것이 최대일 뿐이었다. 예전처럼 그 감정에 충실하지 못했고 현실적인 고민이 머릿속을 잠식했다.

그것을 흔히들 자연스러운 변화라고 생각한다. 그러나 제호는 그것을 원치 않았다. 수시로 짧은 글을 적어 자신의 현재 상태를 적어내던 그때의 모습을 때론 그리워했다. 어쩌면 직업적인 특수성 때문일지 모르겠다. 남들은 현실에 적응하며 생긴 심장의 굳은살을 훈장처럼 자랑스러워하지만 제호는 무척 떼어내고 싶었다.

가끔은 과거의 나를 찾기 위해 노력했다. 슬픈 영화나 코미디 영화를 일부러 찾아봤다. 하지만 큰 효과는 없었다. 언제 마

지막으로 눈물 흘렸는지, 언제 마지막으로 크게 웃었는지 기억
도 나지 않았다. 영화관에서 영화를 보며 웃고 울던 자신의 모
습이 당시에는 창피하기도 했지만 이젠 무척 그리워졌다.

최면에서 깬 것처럼 정신이 돌아왔다. 벌써 30분째 가만히
누워있음을 깨달았다. 다리를 움직여 침대 아래로 내리고 상체
를 일으켜 앉았다. 눈을 깜빡이지 않아 흐르는 눈물을 닦으며
앞을 봤다. 정면으로 책상이 중앙에 있고 그 양옆으로 책꽂이와
컴퓨터 모니터가 자리했다. 책상 위 벽에는 포스트잇들이 무질
서하게 붙은 채 뜯겨질 순서를 기다렸다. 뜯겨진다는 거는 작품
에 사용됐다는 뜻이니까.

자리에서 일어나 터덜터덜 책상 앞으로 갔다. 의자를 살짝
옆으로 끌고 가 컴퓨터 앞에 앉았다. 전원을 켰다. 문득 목이 말
랐다. 자리에서 일어나 부엌으로 갔다. 컵에 물을 따르고 다시
느릿느릿 컴퓨터 앞 의자에 왔다. 그러는 사이 바탕화면이 나타
났다. 자리에 앉으며 동시에 문서 프로그램을 켰다. 컴퓨터를
켜면 매번 제일 먼저 여는 것이 문서 프로그램이다. 며칠째 작
품이 앞으로 나아가지 못했지만 그럼에도 일단 켰다.

그렇게 한참이 지났다. 컴퓨터 앞에 삐딱하게 앉은 제호가 멀
뚱히 모니터만 바라봤다. 커서만 껌벅이는 모니터를 벌써 1시

간 가까이 가만히 보며 전혀 미동도 하지 않았다. 평소 집중력이 좋지 못해 조금만 있어도 산만하게 움직이거나 자세를 고치기 바빴는데 이번만큼은 어떤 움직임도 없었다. 그렇다고 작품에 대한 대단한 고민을 하고 있는 것은 아니었다. 보통은 그 상태로 이어질 내용이나 문장에 대해 고민하는 편이지만 지금은 그저 보고만 있는 것이다.

문득 아내가 준 탁상 달력이 떠올랐다. 바닥에 누워있는 가방을 들어 그 안에 있는 달력을 꺼냈다. 아직 포장지도 뜯지 않은 상태였다. 포장을 뜯은 뒤 책상 위에 달력을 살짝 내려놓았다. 그것을 보자 1년 전 그녀가 집에 가지고 온 또 다른 탁상 달력이 생각났다. 자리에서 일어나 방 안을 이리저리 돌아다녔다. 혹시나 싶은 마음에 몸을 바닥에 붙여 침대 아래를 봤다. 그곳에 큰 종이 상자가 하나 있었다. 끌어당겨 침대 아래에서 꺼냈다.

상자 안에 쓸모없는 물건들이 켜켜이 쌓여 있었다. 하나씩 꺼내자 그 안에 숨어 있는 달력이 나타났다. 이것 역시 포장지를 뜯지 않았다. 다시 박스를 정리해 침대 아래에 두고 제자리로 가 의자에 앉았다. 포장지를 뜯고 11월이 앞에 오게 달력을 세워 두었다.

네모 칸 반듯한 달력을 가만히 바라보다 오랜만에 고개를 돌렸다. 창밖으로 여전히 비가 내리고 있었다. 의자를 뒤로 밀며 일어났다. 책상 위에 있는 담배와 라이터를 들고 창가로 향했다. 창밖을 보며 입에 문 담배에 불을 붙였다. 누군가 빌라를 빠져나와 어딘가로 가고 있었다. 그가 들고 있는 헤진 우산은 살이 두 개나 튀어나와 있어 아주 볼품없었다. 그것을 고치거나 새로 살 생각은 안 하나. 문득 빌라의 센서등이 생각났다. 전날에도 어두운 건물 안을 휴대폰 손전등에 의지해 올라왔다. 저 남자의 우산이 이해가 됐다.

담배 끝이 점점 타고 있었다. 그 순간 재떨이가 없음을 깨달았다. 손으로 아래를 받친 채 촐싹대며 뛰어, 책상 위에 누워있는 찌그러진 맥주 캔 안에 재를 떨어뜨리고 컵 안에 있는 물을 부었다. 그제야 지키지 못한 약속이 떠올랐다. 절대 집 안에서는 담배를 피우지 않겠다는 자신과의 약속을. 그래서 재떨이가 집에 없었던 것이다. 하지만 그 약속을 허무하게 어기고 말았다. 지금까지 집에서는 절대 담배를 안 피웠다. 그런데 왜 오늘따라 이런 실수를 저질렀을까. 어처구니가 없었다. 담배를 맥주 캔 안에 집어넣고 그 안에 남아있는 물을 다 부었다. 자신의 행동에 어이가 없어하며 헛웃음을 쳤다.

갑자기 무언가 떠오른 듯 책상에 항상 자리한 노트를 들었다. 한 페이지 한 페이지 천천히 넘겼다. 지금 쓰고 있는 작품에 대한 정보들이 가득했다. 페이지의 절반쯤 넘겼을 때 백지가 나타났다. 고개를 들어 앞을 봤다. 포스트잇이 여전히 그의 손길을 기다리며 매달려 있었다.

아랫입술을 지그시 물었다. 불편하고 불쾌한 무언가가 배 속 깊숙한 곳에서부터 올라왔다. 다시 노트의 맨 앞으로 돌아갔다. 그리고 한 페이지씩 뜯기 시작했다. 지지직 소리를 내며 종이가 노트에서 뜯겨져 책상 위에 힘없이 떨어졌다. 어느덧 글이 적힌 마지막 페이지까지 뜯었다. 노트를 세게 덮자 종이들이 바람에 옆으로 살짝 날아갔다. 책상 위에 있는 수많은 종이들을 메마른 표정으로 갈기갈기 찢었다. 그 행동에는 어떤 감정도 느껴지지 않았다. 표정에도, 종이를 뜯는 손짓에도. 다 뜯자 포스트잇으로 시선을 돌렸다. 십여 장의 포스트잇도 마구 찢었다. 아무 쓸모 없어진 종이들이 책상 위를 가득 채웠다. 마치 제호의 첫 작품처럼.

흩어져 있는 종이들을 모으던 제호의 두 눈에 무언가 들어왔다. 책꽂이에 꽂힌 어느 소설책이.

25

집 근처에 있는 서점을 찾았다. 다행히 꽤 규모가 큰 서점이 가까운 곳에 있어 멀리까지 갈 필요가 없었다. 물론 작든 크든 찾고자 하는 그 소설은 있었겠지만 말이다. 데뷔한 지도 꽤 됐고 인지도도 아주 높은 그런 작가의 작품이니 당연히 서점 어디서든 쉽게 볼 수 있었다. 심지어 얼마 전에 나온 신작의 반응이 벌써부터 뜨거웠다.

이미 마주한 적이 있었다. 얼마 전 수미와 서점에 갔을 때 신간 도서 섹션에서 우연히 그 책을 봤다. 이미 인터넷에서 출간 소식을 들었지만 애써 잊고 지냈었다. 그러다 굳이 마주치고 싶지 않은 도서를, 마주하고 싶지 않은 타이밍에 만났다. 바로 그 순간, 기억에서 지우자고 판단했고 실제로 지웠다고 믿었다. 하지만 기억 속 어딘가에 계속 숨어 있었던 모양이다. 같은 작가의 과거 작품을 책꽂이에서 발견하자마자 신간이 떠올랐다.

그런데 왜 그 책이 아직 방에 있는 것일까. 그렇게 보기 싫어하는 작가의 작품을 왜 아직도 버리지 않고 가만히 두었는지 제호 자신도 이해할 수 없었다. 그저 까먹어 그대로 둔 것일 거라 여기기로 했다. 아마 그쪽이 더 가능성이 높을 것이다. 그럼에도 괜히 다른 생각이 들었다. 처음 그 책을 샀을 때 집중해서 읽었다. 아닌 척하면서도 알고 싶었다. 어떤 점이 자신과 다른지, 어떤 점 때문에 인기가 많은지. 오늘도 결국 같은 이유로 이곳을 찾은 것이다.

대형 서점 안으로 들어갔다. 역시나 사람들로 북적였다. 오프라인 서점이 아직 이렇게 활성화된다는 점이 제호는 내심 좋았다. 요즘엔 일부러 찾진 않지만 학창 시절 내내 그는 틈만 나면 서점을 찾았다. 집 근처의 작은 서점은 셀 수 없이 많이 찾았고 폐업을 한 뒤로는 어쩔 수 없이 멀리 있는 대형 서점에 자주 갔다. 책을 사고 읽는 것만큼이나 서점에 가는 것을 좋아했다. 한두 시간 동안 서점 안을 서성이며 여러 책들을 읽었다. 많은 페이지를 읽을 수는 없었지만 잘 나가는 유명한 책부터 아무에게도 관심을 못 받는 책까지 가리지 않고 서가에서 꺼내 읽었다.

그럴 수 있었던 것은 책을 구매하는 것에는 부모님이 돈을 아끼지 않았기 때문이다. 워낙 힘든 형편이라 안 되는 것도 많았고 못 하는 것도 많았다. 학창 시절 돈 많은 친구가 한 명 있었는데 그 녀석 집에 피아노가 있었다. 너무 부러웠다. 그러나 그것을 절대 살 수 없다는 것쯤은 어린 나이에도 잘 알고 있었고 입 밖으로도 꺼내지 않았다. 하지만 서점에 가겠다고만 하면 항상 돈을 두둑이 주었다. 어쩌면 제호의 꿈을 응원하는 의미에서 그랬던 것이 아닐까 싶다.

자연스레 서점은 주말마다 찾는 놀이터가 되었다. 집 근처 작은 동네 서점의 사장님은 머리가 반쯤 벗겨진 80 넘은 할아버지였다. 할아버지는 어린 제호를 아주 예뻐했고 종종 책을 읽고 있는 제호에게 먹을 것을 주기도 했다. 그것을 바라고 가는 것은 절대 아니지만 서점만 가면 책도 읽고 먹을 것도 얻을 수 있다는 생각에 더욱 좋아했다. 그곳에 혼자 가는 것이 대부분이었지만 가끔은 친구들도 데리고 갔다. 독서를 즐기지 않는 친구들은 놀이터를 온 것처럼 뛰어놀기도 했는데 할아버지는 그것을 가만히 지켜보기만 했다. 할아버지가 그만큼 인자한 것도 있었지만 손님이 없는 탓도 컸다. 결국, 그곳은 제호가 고등학교를 졸업하기 한 달 전 폐업하였다.

지금도 가끔 과거를 추억할 때면 그때 그 동네 서점이 단골 소재로 등장하곤 한다. 돌아다니기를 그리 즐겨 하지 않고 여행도 몇 번 안 가본 탓에 추억이라고 할 만한 장소가 많지 않은 것도 있겠지만, 당시의 기억은 유독 특별하게 남아 아직까지 동네 서점에서의 모든 상황이 선명하게 떠올랐다.

좋은 추억이 있음에도 불구하고 서점과 거리를 두기 시작한 지 벌써 5년째다. 일부러 그런 것은 아니지만 자연스럽게 바뀌었다. 오히려 작가로 데뷔한 뒤로 서점과 점점 사이 멀어졌던 것이다.

소설 코너는 서점의 중앙에 위치해 있어 그곳을 향해 걸어갔다. 가는 동안 얼마 전 수미에게 사준 책이 한쪽에 크게 자리한 것이 보였다. 얼마만큼 아이들에게 인기가 많은지 새삼 깨달았다. 아무리 아이들이 읽는 도서라지만 작가라는 사람이 책의 존재도 몰랐다는 사실이 내심 창피했다. 소설을 쓰고 있으면서도 또 다른 현실에 빠져 전혀 몰랐다. 그럴 정도로 정신없이 하루를 살아갔다. 좋은 소설을 써야 한다는 압박감에 눌려 도리어 소설에서 튕겨 나와 버렸다.

소설 코너에 도착하자마자 신간 도서들이 그를 가장 먼저 맞아주었다. 소설 코너 입구에 신간 소설들이 나란히 세워져 있었다. 그중 가운데 단 위에 홀로 우두커니 서 있는 책 하나가 눈에 들어왔다. 한성만 작가의 신작 '눈물'이었다. 책을 들어 앞, 뒤를 번갈아 봤다. 미스터리 스릴러 장르라는 사실을 오면서 휴대폰으로 확인했다. 이 장르의 장인으로 인정받기 시작한 지도 벌써 5년은 넘었고 영화화된 작품도 벌써 세 편이나 됐다.

페이지를 하나하나 넘기며 대충 훑어봤다. 눈으로는 봤지만 사실 하나도 들어오지 않았다. 어차피 독서를 할 마음으로 보는 것도 아니었다. 눈은 책으로 가 있었지만 머릿속은 작가 한성만을 떠올렸다. 책에 대한 정보를 검색하다 유튜브에 출연한 그의 모습을 봤다. 사뭇 낯설었다.

제호와 성만은 문예 창작과 동기다. 처음부터 성만은 가장 두드러지는 학생이었다. 그가 쓴 글은 모두의 관심과 감탄을 불러일으켰다. 동기들끼리는 성만을 가리켜 저것이 '진짜 재능'이라고 한목소리를 냈다. 동기들 모두가 그에게 달려가 이것저것 질문을 하며 어떻게든 닮아가려 노력했다.

그런 그를 보며 제호는 부러움과 질투심이 뒤섞인 마음이 들었다. 제호는 자신도 나름 괜찮은 실력을 가지고 있다고 생각하며 지내왔다. 상복이 없어 장려상 그 위의 상은 받지 못했지만 그래도 어디 가서 주눅들 재능은 아니라고 자부했다. 하지만 성만을 보며 자신의 재능이 초라해지는 것을 느낄 수 있었다. 절대 따라잡을 수 없는 재능. 그에 비해 자신은 '어중간한 재능' 그 이상도 이하도 아니었다.

그렇게 졸업을 하고 동기들 대부분이 지원한 큰 공모전에서 제호가 장려상을 받았다. 모두가 우러러보던 성만은 입상에 실패했다. 함께한 자리에서 모두가 제호를 축하하며 성만을 바라봤다. 어떤 반응일까 궁금했으니까. 하지만 그는 의외로 여유로웠다. 이번이 아니어도 다음에 기회가 또 있을 거라며 미소지었다. 그 모습을 제호는 어째선지 못마땅하게 여겼다. 안타까워하고 슬퍼하는 모습을 보고 싶었던 것이다. 딱히 성만과 사이가 나빴던 것도 아니었다. 오히려 친한 편이라 할 수 있었다. 그럼에도 그의 여유로운 미소가 무척이나 싫었다.

"그래 다음에 잘 해봐."

"응, 고마워."

성만은 제호의 마음을 아는지 모르는지 진심으로 고마워했다.

1년 뒤 제호가 장편 소설을 출간했을 때도 성만은 여전히 다음을 기다리며 조급해하지 않았다. 연신 다음이 있을 것이라 말했다. 그것이 진심인지 연기인지 아니면 자기에게 하는 암시인지 제호는 헷갈렸다. 그의 태도와 상관없이 제호는 동기들 앞에서 뭐라도 되는 것처럼 거들먹거렸다.

"다들 언젠가 작품이 나올 거야. 성만이 봐봐, 여유롭잖아."

제호는 중견 작가가 지망생들을 대하듯 말하며 두 팔을 양옆 의자에 척 올렸다.

"쟤야 재능이 있으니까. 언젠가 다들 알아봐 주겠지."

누군가의 말에 제호의 미간이 찌푸려졌다. 그놈의 재능. 어쩌면 학생이었던 우리가 잘못 본 것은 아닐까. 사실 '진짜 재능'은 나의 것이 아니었을까. 제호는 그렇게 생각했다. 한동안 그 생각을 철석같이 믿었다. 성만이 책을 출간하기 전까지.

성만은 데뷔와 함께 엄청난 성공을 거뒀다. 촉망받는 신인 작가 대열에 이름을 올렸고 이후로 출간하는 족족 베스트셀러에 등극했다. 동기들은 물론이고 문학계 전체에게 관심과 칭찬을 한 몸에 받았다. 그럼에도 그는 여전히 겸손했고 성실히 작업에 매진했다.

제호는 그 무렵 여러 작품들을 썼지만 출판사 어느 곳에도 관심 받지 못한 채 조금씩 의욕을 상실해갔다. 서점에 들러 성만의 작품을 전부 사 읽었다. 역시나 달랐다. 당연한 얘기지만 대학생 때 읽었던 그의 작품들보다 훨씬 더 뛰어났다. 그에 비해, 자신은 대학생 때 썼던 작품들과 비교해 크게 달라진 것이 안 보였다. 발전하기 위해 노력했다고 생각했는데 그게 아니었다. 제호가 제자리에 머물러 있는 동안 성만은 몇 단계 더 진화했던 것이다.

이것이 '재능'이란 걸까. 재능의 차이란 한계의 차이와도 같은 것이다. 제호는 언제나 똑같이 노력해왔다. 하지만 어느 순간 한계를 만났고 거기서 더 이상 발전하지 못했다. 그 한계를 이미 어릴 때 만나 거기서 더 나아가지 못하는 동안, 성만은 끝이 안 보이는 재능으로 제호를 추월하고 말았다. 성만의 작품들을 읽은 제호가 어느 순간 그렇게 결정지었다. 그렇게 정의를 내리자 성공에 대한 의욕이 추진력을 잃었고 마음속에서 완전히 사라졌다. 그때부터 시작이었다. 그 무엇에도 힘을 쏟지 않고 그 누구에게도 관심을 두지 않으며 그 어떤 것에도 희망을 보지 않는 것을.

제호는 성만의 신작 '눈물'을 다시 제자리에 두고 서점을 빠져나왔다.

26

진우와 만나기 위해 약속 장소로 향했다. 여전히 안개가 자욱한 하늘에선 비가 그쳤다. 그럼에도 제호는 우산을 썼다. 하루 종일 가늘게 내린 비는 오전에 서점을 갈 때와 마찬가지로 우산을 접었다 펴기를 반복하게 만들었다. 대낮 거리의 사람들

중 절반은 우산을 쓰고 있었고 나머지 절반은 우산을 접은 채 한 손에 들고 있었다. 서점을 나온 제호는 여느 때와 똑같이 대세를 따르려 했지만 무 자르듯 절반씩 나뉜 것을 보고 고민하다 우산을 썼다. 얼마 안 되어 비가 그쳤고 대부분 우산을 접었지만 제호는 전혀 눈치채지 못한 채 우산을 계속 들고 있었다.

며칠째 가게 문을 열지 않는 제호가 걱정된 진우가 먼저 연락해 만나기로 했다. 그의 연락을 바란 것은 아니나 어느 정도 예상할 수 있었다. 사장인 진우의 입장으로도 연락하는 게 마땅했고, 친구인 진우의 입장으로도 연락하는 게 당연했다. 예상한 탓인지 휴대폰이 울리고 발신인으로 진우의 이름이 떴을 때 한숨을 크게 뱉거나 망설이는 것 없이 바로 받았다. 그가 어떤 사람인지 잘 알기에 오히려 기다렸는지도 모르겠다.

"어디 아프냐?"

"아니."

"무슨 일 있냐?"

"그럴지도."

"술이나 한잔할래?"

"원한다면."

"나와라."

그게 통화의 전부였다. 사장으로서의 질책은 당연히 없을 것이라 예상했다. 친구로서의 위로를 기대하는 것 또한 아니다. 그저 자신을 가장 잘 알고 있는 사람과 술이나 한잔하려는 것뿐이다. 오로지 본능대로 움직였다. 술자리 제안을 받았고 그것을 받아들이는 것 그 이상도 이하도 아니었다.

알고 보면 진우와의 관계도 딱 그러했다. 고등학교 동창인 그와 그리 친하지도 그리 멀지도 않은 딱 그런 사이였다. 서로가 함께 어울리는 무리 여덟 명 중 한 명일 뿐이었다. 당연히 친구라고 소개할 수 있고 여럿이 모일 때 술자리를 함께 할 수 있는 사이인 것은 분명했지만 무리 중에 가장 친한 사이냐고 하면 절대 아니었다. 좀 더 자세히 설명하면 여럿이 있을 땐 편하지만 단둘만 있다고 생각하면 상상만으로도 어색한 그런 사이였다. 그렇게 고등학교와 20대를 함께 보냈다. 서로의 결혼식과 돌잔치에도 당연히 참석했고 술자리도 셀 수 없이 많이 가졌다. 딱 그 정도의 관계를 유지한 채.

어느덧 30대 중반이 넘어 후반을 바라볼 때, 여덟 명의 무리 대부분이 조금씩 방향성을 잡고 서서히 안정감을 느끼기 시작했지만 제호는 도리어 불안감만 높아갔다. 분명 작가로 데뷔를 했는데 시간이 지날수록 삶이 더 힘들어졌다. 수미가 초등학교에 입학하기 바로 직전엔 그 정도가 가장 심했다. 그 무렵, 진우에게서 전화가 왔다. 삶이 점점 버겁고 힘들었을 때, 모든 것을 포기하고 싶었을 때 진우에게서 연락이 왔던 것이다.

음식점을 잘 운영하던 진우가 작은 분식집을 개업하려는데 대신해서 맡아줄 수 있는지 물었다. 남들에게 친절을 베풀 정신 상태가 아닌 제호는 단칼에 거절했다. 하지만 진우는 거의 매일 전화를 걸었고 마지막엔 직접 찾아왔다. 그의 인맥이 얼마나 좁은지는 모르겠지만 적어도 여덟 명의 무리 중 분식집을 맡아 줄 사람은 제호밖에 없는 것이 확실했다.

거듭된 부탁에 제호는 못 이기는 척 받아주었다. 그러면서 분명히 말했다. 절대 친절할 수 없다고. 회사 생활을 한 뒤 절정이 된 인간에 대한 증오와 적개심은 절대 억지 미소 따위 할 수 없게 만들었다고. 하지만 그것마저도 진우는 괜찮다며 받아주었다.

"근데 가게 이름이 뭐야?"

"여우별."

"여우별?"

제호가 고개를 갸우뚱했다.

약속 장소 앞에 도착한 제호가 우산을 접고 탁탁 털며 잠시 하늘을 올려다봤다. 그곳엔 여전히 안개만이 자욱했다.

　문을 열고 안으로 들어갔다. 원형 깡통 테이블이 정확히 다섯 개 있는 작은 고깃집이었다. 이미 모든 자리에 손님들로 가득했다. 그중 가장 구석진 자리에 진우가 홀로 앉아 소주를 마시며 고기를 굽고 있었다. 다행히 그도 이제 막 온 듯했다. 테이블 사이사이를 지나 진우가 있는 테이블로 가 앞에 있는 둥근 의자에 털썩 앉았다.

　진우는 전혀 신경 쓰지 않고 굽던 고기를 계속 구웠다. 제호가 물수건으로 손을 닦고 밑반찬들을 먹고 있는 동안에도 오로지 고기 굽기에만 집중했다. 진우가 무언가에 몰두할 때면 종종 이랬다. 인사를 건너뛰는 것은 다반사고 친구들의 대화에 한참 동안 끼어들지 않았다. 그런 그를 잘 알고 있기에 제호는 그러려니 하며 그도 자기 할 일만 했다. 그렇게 3분 가까이 지났고 진우가 삼겹살을 제호의 접시 위에 올려준 뒤에야 두 사람은 서로를 쳐다봤다.

　"먹어, 배고플 텐데."

　"술부터 마시고."

　두 사람은 잔에 소주를 채운 뒤 서로의 잔을 탁 부딪쳤다.

　"캬악. 이거지."

진우가 감탄을 내뱉는 동안 제호는 접시 위에 있던 고기를 입에 넣었다.

"왜 만나자고 한 거야?"

"알면서 묻기는."

진우의 말대로 제호는 뻔히 알고 있었다.

"아르바이트생. 그 애가 며칠째 연락이 안 된다."

"그런 애들 많잖아. 새로 뽑아야지 뭐. 하여튼 요즘 애들은…."

"그런 아이는 아냐."

"뭐? 그런 아이 아니라고?"

"그렇게 책임 없이 도망갈 그럴 애 아니라고…."

"그래? 그럼 어떻게 하게? 다시 연락 올 때까지 문 닫게?"

"모르겠다. 열긴 해야 하는데…. 소스 만드는 걸 개밖에 몰라서…."

"원래대로 시판 소스 써 그냥."

"반응이 너무 안 좋다. 중간에 새로운 걸 먹고 나니까 더 먹기 힘든가 봐."

"그럼 그 친굴 데리고 와야지 뭐. 왕 모시듯."

심각한 제호와 달리 진우는 관심 없다는 듯 소주를 마셨다. 그 모습에 제호도 소주를 들이켰다.

시간이 훌쩍 지났다. 어느덧 제호의 얼굴이 시뻘겋게 불타고 있었다. 맥주나 막걸리는 잘 마시면서도 이상하게 소주에는 약한 편이다. 그에 비해 어떤 술이든 잘 마시는 진우는 여유롭게 소주를 홀짝이며 잔뜩 취한 제호를 바라봤다.

"야, 진짜 한성만이 그놈 아주 잘난 체하는 거 못 봐주겠더라."

제호가 살짝 풀린 눈으로 성만을 험담하기 시작했다.

"어디서 봤는데?"

"유튜브에서. 지 이번 책 홍보한다고 나와서 인터뷰하더라. 막 진중한 척하는데 아주 꼴사나워서 원."

"부러운 게 아니고?"

"뭐 인마? 하, 참 나. 말 같지도 않은 소릴 하고 있네. 내가 무슨 그 자식을 부러워해."

"아니야? 안 부러워?"

"…."

제호가 대답하지 못하고 소주를 들이켰다. 캬악 소리를 내며 소주잔을 깡통 테이블 위에 쾅 내려놓았다. 파절임을 먹던 진우가 깜짝 놀라 그를 봤다. 순간 걱정스러웠다. 지금은 전혀 그렇지 않지만 몇 년 전까지만 해도 잔뜩 취한 제호는 통제하기 어려웠다. 길가에 있는 간판을 부수기도 하고 가만히 있는 화분을 발로 마구 차기도 했으면 심할 땐 지나가는 사람들에게 시비도 걸었다. 20대 때까진 없던 술버릇이 정확히 30대가 되면서 생겼다. 최근엔 문제를 일으키지 않았지만 과거의 기억이 있는 진우는 살짝 불안했다.

"왜 그래. 인마, 그만 마셔."

"부럽냐고? 하, 그래. 부럽다 부러워."

"뭐?"

"부럽다고. 그 자식은 학교 다닐 때부터 남달랐거든, 재능이. 근데 나? 하, 특별히 잘하지도 못하지도 않는 '어중간한 재능'이야, '어중간한 재능'. 그런 어중간한 녀석이 운 좋게 상도 받고 책도 쓰더니 지가 잘난 줄 알고 말이야. 웃기지? 아마 성만이 그놈이랑 다른 녀석들이 다 나보고 비웃었을 거야. 뻔해, 뻔해."

"네가 어중간한 재능이라고?"

"그래. 항상 그랬어. 글만 그런 줄 아냐? 모든 게 다 어중간했어. 공부도 어중간해, 운동도 어중간해. 또 뭐 있냐. 아, 장사도 어중간해. 난 전부 다 어중간한 삶이야. 야, 그런 사람이 오를 수 있는 최대가 어딘지 아냐?"

"어딘데?"

"장려상. 장려상이 최대야. 아무리 죽어라 노력하고 열심히 해봤자 최대가 장려상이라고. 그 위로는 다 재능 있는 놈들 차지야. 나 같은 '어중간한 재능' 말고 '진짜 재능' 말이야. 그런 놈들끼리 운 좋으면 대상 운 나쁘면 최우수상 이렇게 나누는 거고, 나 같이 모든 게 어중간한 놈들은 죽어라 해도 장려상이라고. 한마디로 내 인생은 '장려상 인생'이야. 장려상 인생."

진우가 제호의 넋두리를 들으며 조용히 소주를 마셨다. 그가 한참을 뜸 들이다 겨우 입을 열었다.

"야, 내가 왜 너한테 가게를 맡겼는 줄은 알아?"

"주변에 있는 친구 놈들 중에 노는 놈이 나밖에 없었겠지."

"맞아. 근데 그때만 해도 솔직히 우리가 지금처럼 친한 것도 아니었잖아. 그런데도 왜 너한테 가게 맡겼는지 아냐고?"

"모른다고. 그래서 도대체 이유가 뭔데?"

"너한테 도움 받은 게 있어서…."

"내가? 난 너한테 도움 준 적이 없는데…. 네가 나한테 무슨 도움을 받았다는 거야?"

"네가 쓴 소설 '마지막으로 보낸 편지' 그거 말이야…."

"그게 왜?"

"후. 사실 그게 나왔을 때 나 좀 힘들었어. 대학도 안 가고 20대 내내 이런저런 일하며 모은 돈으로 가게 차렸는데 잘 안됐거든. 넌 기억 못 하겠지만. 아무튼 그래서 진짜 힘들었어. 다시 살아날 가망이 안 보이더라. 그때였어. 한참 힘들 때 네가 쓴 소설을 책꽂이에서 우연히 발견한 거야. 아마 출간했을 때 친구랍시고 사 놓고 안 읽은 거겠지. 그래서 별생각 없이 읽기 시작했는데 나중엔 푹 빠져서 읽게 되더라. 창피한 얘기지만 마지막엔 살짝 울기도 했어. 주인공이 딱 나 같았거든⋯."

진우가 잠시 물을 한 모금 들이켜더니 다시 입을 열었다.

"소설을 다 읽고 나서 결심했지. 좀 더 힘내 보기로. 주인공처럼 말이야. 그 덕분에 지금 이렇게 사람 구실하면서 살게 된 거야. 하, 난 그걸 잊지 못한다. 네 소설을 읽고 나서 생긴 그 힘을. 많지는 않겠지만 네 소설을 읽고 나같이 희망을 본 사람들이 있을 거야 분명히. 아무튼 난 그때 생각했어. 잘 되고 나면 꼭 보답하기로. 그래서 가게 차리면서 너한테 꼭 맡아 달라 한 거야. 네가 다른 걱정 없이 소설에만 집중해 줬으면 좋겠다는 팬으로서의 마음을 담아서."

진우의 말에 제호가 민망해하며 괜히 물을 따랐다.

"그리고 인마, 나한테도 이득이 있으니 열었지 손해 보면서 가게 차렸겠냐. 나 그렇게 멍청하지 않아. 상권 다 봐가면서 '여우별' 차린 거야. 마땅한 자리 없었으면 안 차렸어. 아무튼 그러니까, 나한테 고마워하지 말고 너 할 거나 똑바로 해. 언제쯤 다음 작품 완성할래?"

제호가 풀린 눈으로 진우를 말없이 가만히 바라봤다.

"쳇, 병신."

제호는 물을 한 잔 들이키며 고개를 돌렸다. 활짝 열린 가게 문밖으로 수많은 사람들이 이리저리 움직이고 있었다.

27

지이이잉.

휴대폰이 지치지도 않는지 연신 몸을 부르르 떨었다. 벌써 3번째 전화다. 침대에 누워 깊이 자고 있던 제호가 드디어 눈을 떴다. 간신히 한쪽 눈만 뜬 제호가 정신을 차리려 노력하며 천장을 봤다. 익숙한 벽지다. 숨을 후 뱉으며 이마를 짚었다. 잠에서 깬 지 몇 초 만에 머리가 아파 오기 시작했다. 원래의 주량보다 훨씬 더 마셨다. 그는 뭐가 그렇게 즐거웠는지 진우의 주량에 맞춰 무리하게 술을 마신 것이다. 그 여파가 눈을 뜨자마자 바로 왔다.

지이이잉.

또다시 휴대폰이 울렸다. 자신의 편안한 잠을 깨운 범인이 이 녀석이란 사실을 바로 깨달았다. 아무것도 하고 싶지 않았다. 전화가 끊어지기만을 바라며 잠시 가만히 있었다. 그러다 문득 엄마와 관련된 소식일까 걱정된 마음이 들었다. 순식간에 자리에서 일어나 바닥에서 춤을 추고 있는 휴대폰을 들었다. 발신인은 아내였다.

뜬금없는 아내의 전화에 두 가지 마음이 교차했다. 엄마의 건강 문제가 아니라는 안도감과 아내가 전화를 건 이유에 대한 호기심이 한 번에 마음을 흔들었다. 지난번엔 저녁에 메시지가 왔고 만나자마자 이혼 얘기를 꺼냈다. 이번엔 무슨 이유일까. 혹시라도 번복하려는 것은 아닐까. 작은 희망을 안으며 조심스레 수락 버튼을 눌렀다.

"여보세요."

제호가 잠긴 목소리로 전화를 받았다.

"여보, 큰일 났어."

"큰일? 뭔데?"

"오늘 학부모 참관 수업 있는 날인데 내가 깜빡했어."

"난 또 뭐라고."

"오늘 중요한 약속이 있단 말이야. 당신한테 부탁한다고 해놓고 깜빡했어."

"그래서 지금 대신 가 달라고?"

"응. 어차피 장사하기 싫으면 마음대로 문 닫고 그러잖아."

제호는 뜨끔했다. 심지어 지금은 며칠째 가게 문을 열지 않고 있는 상태다.

"몇 시까진데?"

"이미 늦었어. 그냥 지금 빨리 가야 돼."

아내의 공포에 질린 목소리에 제호는 후다닥 움직였다. 아내가 다급하게 무언가를 부탁한 적이 몇 번 없었다. 연애할 때는 물론이고 결혼해서도 그녀는 항상 똑같았다. 채근하거나 보채면서 들들 볶는 스타일이 전혀 아니었다. 모르는 사람의 눈에 만사태평해 보일 정도로 아주 여유로운 성격이다. 그렇다고 아무 생각 없이 흘러가는 대로 사는 사람은 아니다. 그 누구보다 현실적이고 고민이 많다. 그런 면을 숨길 때와 드러낼 때를 적절히 아는 현명한 사람이었을 뿐이다.

제호는 정신없이 씻고 옷을 갈아입었다. 순식간에 일어난 상황에 자신이 무얼 하고 있는 건지도 모를 정도로 숨 가쁘게 움직였다. 집을 나와서도 마찬가지였다. 이미 학교의 위치를 알고 있는 그는 자주 이용하는 정류장으로 뛰듯 걸었다. 유유자적 걷고 있는 사람들을 하나씩 제쳐 평소보다 훨씬 빠르게 정류장에 도착했다. 그제야 가쁜 숨을 몰아쉬었다. 누가 보면 100미터 달리기를 한 걸로 오해할 정도로 힘들어했다.

다행히 기다리던 버스가 금방 왔다. 버스에 올라타 맨 뒷자리에 앉았다. 여전히 숨을 헐떡이며 휴대폰으로 정확한 위치를 확인했다. 여기서 버스로만 1시간 거리에 있는 초등학교다. 그래도 한 번에 가는 버스가 있다는 게 정말 다행이었다. 갈아타야 했다면 도착 시간을 예측하기 어려웠을 것이다.

'이번 정류장은 00 초등학교 정문입니다.'

어느덧 1시간이 흘렀다. 벽에 머리를 기댄 채 잠들어 있던 제호가 눈을 떴다. 하늘이 돕는 것인지 수미가 다니는 초등학교 근처 정류장에 도착했을 때 잠에서 깼다. 이곳에서 우르르 내리는 승객들의 소음 덕분이었다. 학교는 물론이고 아파트와 번화가가 가까운 이 정류장에 유독 많은 사람들이 타고 내렸다.

서둘러 자리에서 일어난 제호가 버스에서 내렸다. 정류장 이름은 분명 '○○ 초등학교 정문'이었지만 실제 정문은 좀 더 걸어가야 했다. 그는 처음 집에서 나왔을 때와 마찬가지로 경보하듯 빠르게 걸었다. 덕분에 학교에 금방 도착했다. 헉헉대면서도 그나마 여유를 찾을 수 있었다.

아내의 메시지를 통해 수미가 2학년 2반이라는 사실을 알았다. 체육 수업이 한창인 운동장을 가로질러 걸어가 건물 안으로 들어갔다. 1층엔 행정실과 교장실 그리고 도서관이 자리했다. 몇몇 1학년 교실들도 있었다. 계단을 밟고 올라가 2층에 올라가니 나머지 1학년 교실들과 2학년 교실들이 보였다. 곧장 2학년 2반 교실로 가 창문을 통해 안을 살폈다. 그곳엔 수업 중인 선생님과 경청하는 아이들 그리고 뒤에 벌서듯 나란히 서 있는 학부모들이 보였다. 조금은 늦었지만 다행히 끝나기 전에 왔다는 사실에 안도의 한숨을 쉬었다.

옷매무새를 정리한 뒤 교실 뒷문을 살며시 열고 안으로 들어갔다. 대학생 시절 지각했을 때처럼 몸을 살짝 낮춰 조심스럽게 걸었다. 이미 와서 수업을 보던 다른 학부모들과 가벼운 인사를 나누며 나란히 선 뒤에야 마음이 편해졌다.

그곳엔 어머니들이 대부분이었다. 아빠는 제호를 제외하면 딱 한 사람 있었는데 그는 무척 나이가 많아 보였다. 늦둥이를 나은 것인지 할아버지인지 구분이 되지 않았다. 괜한 실수를 할 수 있으니 혹시 대화를 하게 되면 조심해야겠다고 판단하며 앞을 봤다.

고개를 이리저리 움직여 수미를 찾았다. 학생 수가 옛날과 달리 적어 금방 수미를 찾을 수 있었다. 아이는 뒤에 아빠가 온 것도 모르고 수업에 집중한 채 선생님과 칠판만 뚫어져라 봤다. 처음 보는 그 모습에 절로 미소가 지어졌다.

확실히 늦게 온 모양이다. 그가 교실에 들어온 지 얼마 안 되어 수업이 끝났다. 제호가 허무함과 민망함에 헛웃음을 쳤다. 여기까지 고생해서 온 보람이 없었다. 그래도 수미를 이런 식으로라도 볼 수 있다는 사실에 만족했다.

수업이 다 끝나자 아이들은 자신들의 엄마와 아빠를 향해 뛰어갔다. 고개를 뒤로 돌린 수미가 제호를 확인하더니 환하게 웃었다. 자리에서 벌떡 일어나 아빠에게 다가갔다.

"언제 왔어?"

"방금. 좀 늦었어."

"아무도 안 오는 줄 알았어. 엄마가 안 보여서."

"아, 엄마한테 급한 일이 생겨서 못 온대."

"그랬구나…."

집으로 가는 학생들과 한 명씩 인사하던 단발머리의 선생님이 한쪽 팔을 높게 들더니 크게 소리쳤다.

"학부모님들. 전 교무실에 가 있을 테니까 상담하고 싶으신

분들은 순서대로 오시면 됩니다."

제호는 상담받을 생각은 전혀 하지 않았다. 그저 아내가 다
급하게 부탁을 해 꼭 참석해야만 하는 걸로 알고 부리나케 뛰어
온 것뿐이었다. 하지만 실제로 참석한 학부모는 그리 많지 않았
다. 다들 워낙 바빠 참관 수업에 참여하기 어려웠을 것이다. 그
런 와중에 수미를 위해 달려온 자신이 내심 뿌듯했다. 어차피
'여우별'의 문을 닫아 쉬고 있었음에도, 심지어 글을 쓰지 않겠
다며 벽에 붙인 포스트잇과 노트를 다 찢었음에도 말이다.

띠링.

기다렸다는 듯 아내에게서 메시지가 왔다.

수업 끝났다면서. 상담까지 부탁해.

못 본 척하고 싶었지만 이미 거스를 수 없었다. 아내에게 정
보를 전달한 누군가를 원망하며 한숨을 푹 쉬었다. 분명 이 안
에 있는 학부모 중 한 명이겠지. 조심히 주변을 살폈다. 하지만
누군지 도저히 알 수 없었다.

"수미야, 아빠 선생님을 좀 만나 봐야 되거든? 잠깐만 기다
릴래?"

"응. 다연이랑 놀고 있을게."

"그래, 고마워."

수미는 얼른 엄마와 이야기 중인 다연에게 다가갔다. 다연이 엄마는 수미가 오자 반갑게 웃으며 맞았다. 그녀도 상담을 위해 기다릴 작정인 듯 보였다. 혹시 저 사람이 아내에게 연락한 건가.

제호는 얼른 끝내고 싶은 마음에 제일 먼저 교무실로 향했다. 참관 수업에 참석한 학부모 중 절반은 집으로 갔고 절반만 남아 있었다. 남아 있는 이들은 이미 알고 있는 사이인 것 마냥 자연스럽게 대화 중이었고 그 틈에 제호가 빨리 움직였다.

교무실로 가 문을 열자 가까운 곳에 수미의 담임 선생님이 앉아 있었다. 마치 혼나러 온 학생인 것처럼 그녀 곁으로 쭈뼛대며 다가가 헛기침을 했다. 그러자 그녀가 고개를 돌려 제호를 봤다.

"수미 아빠 됩니다."

"아, 네. 여기 앉으세요."

제호가 앞에 있는 작은 의자에 앉았다. 어린이용인 건지 제호가 앉기엔 무척 작았다. 그는 불편했지만 애써 내색하지 않고 가만히 버텼다.

"수미가 쾌활하고 밝아요. 아이들하고 사이도 좋고요."

"그래요? 다행이네요."

"그리고 얼마 전에 제가 생일이었는데 선물도 줬어요."

"수미가요?"

"네, 이거요."

선생님이 책상 위에 있는 책 한 권을 들어 보여주었다. 그것은 제호의 소설 '마지막으로 보낸 편지'였다. 순간 제호가 움찔했다. 수미가 직접 선생님에게 이 책을 선물했다니. 그는 어리둥절했다.

"아버님이 쓰신 책이라면서요?"

"아, 네…."

"제가 취미가 독서인 걸 알고 아버님 소설을 선물해 줬어요."

"그랬군요."

"주면서 어찌나 아빠 자랑을 하는지."

선생님이 웃으며 책을 제자리에 두었다. 제호는 괜히 뒷목만 만지작댔다.

"그래서 말인데요. 저희가 나중에 학부모 초청 특강을 할 예정이거든요. 그때 수미 아버님께서 강의를 좀 해 주시면 어떨까 싶은데. 괜찮으세요?"

"제가요? 제가 어떻게….".

"학부모님들 중에 가장 독특한 직업이어서요."

"네….".

제호가 머쓱해하며 난감한 표정을 지었다.

"아, 너무 부담 갖지 않으셔도 돼요. 애들한테 그냥 소설가란 직업이 무엇인지 설명해 주시기만 하면 돼요. 독서에 대해서도 요. 총 40분밖에 안 되니까 어렵지 않을 거예요."

"제가….".

"당장이 아니라 다음 달 중순이니까요. 한 번 진지하게 생각해 주세요."

"네, 알겠습니다."

상담을 끝낸 제호가 운동장에서 다연과 놀고 있는 수미를 불렀다. 수미는 다연과 인사를 나눈 뒤 빠르게 아빠에게로 달려왔다.

"다 끝났어?"

"응, 가자."

둘은 다정하게 손을 잡고 정문을 향해 운동장을 천천히 걸었다.

"선생님이 뭐라고 하셨어?"

"수미가 친구들하고 잘 지내고 착하대."

"정말?"

"응. 근데 수미가 선생님한테 책 선물했어? 아빠 책?"

"아, 그저께가 선생님 생신이었거든. 그래서 선물했지. 선생님이 책 읽는 거 좋아한다고 그래서."

"근데 왜 굳이 아빠 책을?"

"음, 자랑하려고."

수미가 빙긋 웃어 보였다.

"자랑?"

"아빠 자랑하고 싶어서."

수미가 제호를 올려다보며 배시시 웃었다. 아이의 웃음을 보자 제호의 입가에 절로 미소가 지어졌다. 그러면서 머릿속으로 여러 가지 생각들과 기억들이 스쳐갔다. 전날 있었던 진우와의 대화와 오늘 수미의 미소가 거듭된 실패로 생긴 상처에 약을 발라주는 듯했다.

28

오랜만에 가게 문을 열기로 결정했다. 언제까지 문을 닫고 있을 수만은 없었다. 그것은 '여우별'을 차려준 진우에 대한 예의가 아니라고 생각했다. 그리고 여전히 이곳을 찾는 단골에 대한 예의도 아니었다. 보통 문에 종이를 붙여 휴무일이 언제까지인지 알려주기 마련인데 이번엔 그런 것도 전혀 없었다. 아무것도 모르고 온 손님들이 굳게 잠긴 문의 문고리를 몇 차례 잡고 흔들다 돌아가기 일쑤였다. 기약 없는 휴무일에 찾는 손님도 점점 줄었다.

자연스레 상점가 내 상인들 사이에선 가게가 망했다는 소문이 돌았다. 당연했다. 주인이 아무런 말도 없이 일주일째 문을 안 열었으니 말이다. 상인들 사이에선 제호와 진우가 업종 변경을 할 거란 얘기와 곧 다른 사람에게 팔 거란 얘기가 팽팽하게 맞섰다. 하지만 이는 둘 다 사실이 아니었다. 제호가 '여우별'에 출근했으니까.

제호는 상점가 골목 안으로 들어와 느릿느릿 '여우별' 앞에 섰다. 열쇠를 꺼내 잠긴 문을 열었다. 오랜 시간 굳게 잠겨 있어 그런지 마치 그의 집처럼 한기가 느껴졌다. 다행히 마지막 퇴근 전 청소와 설거지를 깔끔하게 해 놓아 냄새가 나지는 않았다. 그저 이곳이 낯설게 느껴질 뿐이었다. 전에도 가끔 그랬다. 어떤 특별한 이유가 있거나 본인이 도저히 일을 하고 싶지 않을 때면 며칠씩 문을 닫았다. 이틀에서 삼일 정도 문을 닫았다가 다시 열었는데 그때마다 지금처럼 이 공간이 낯설게 느껴졌다. 공간뿐만 아니라 조리실 안에 있는 주방 기구들을 만질 때도 마찬가지였다. 촉감이 어색하기 그지없었다. 그럴 때마다 알 수 있었다. 장사도 글쓰기와 똑같다는 것을. 며칠이라도 손을 놓으면 다시 시작할 때 힘들다는 사실을.

이번에도 마찬가지였다. 빗자루와 마포로 바닥을 청소하고 먼지가 살포시 앉은 테이블과 조리실을 행주로 닦았다. 그러는 동안 이 공간에 다시 적응하려고 애썼다. 2년을 근무한 곳임에도 일주일 떨어져 있었다고 적응이 필요하다니. 무척 기이했다. 어쩌면 그동안 이 공간과 가깝게 지낸 게 아니었던 것만 같다. 그리고 그게 사실일 것이다. 가게에 애정이란 전혀 없었으니까. 잘 되거나 말거나 관심 없었으니까.

그리고 한 가지 알 수 있었다. '여우별'을 더 좋아하고 사랑했던 것은 제호 자신보다 세아라는 사실을. 자발적으로 이것저것 시도해 보려 노력하는 것도 세아였고 '여우별'이 잘못되면 어쩌나 걱정하는 것도 세아였다. 어쩌면 진짜 주인은 그녀였을지 모른다. 그런 세아가 없으니 제호는 아무것도 할 수 없었다. 결국, 문을 닫고 도망쳐 버렸던 것이다.

청소를 마치고 조리실 안에 있는 의자에 앉아 창밖을 봤다. 그 자세로 한참이 지나 점심시간이 되었다. 거리는 점심 식사를 위해 돌아다니는 이들로 가득했지만 '여우별' 주변만은 한산했다. 한창 인기가 많았을 때, 계산대 앞에서부터 시작해 문을 지나 창문 앞까지 이어지던 짧은 줄은커녕 마치 가게와 거리 두기 하는 것처럼 근처에 아무도 접근하지 않았다. 제호는 가만히 앉아 좁은 창밖으로 걸어 다니는 사람들을 보며 그러려니 했다. 당연한 수순이었다. 안 그래도 인기가 떨어지던 상황에서 문까지 닫았으니 말이다.

그나마 오는 사람은 그동안 무얼 하느라 문을 안 열었느냐 타박 섞인 질문하는 몇몇 주변 상인들뿐이었다. 그들조차도 음식을 사 먹진 않았다. 다른 곳을 가는 길에 뜬금없이 문을 연 '여우별'을 보고 놀라서 말을 건 것뿐이다. 그들에게 질문을 받을 때마다 제호는 대충 얼버무리며 괜히 설거지하는 시늉을 했다. 그럴 때마다 민망하고 어색한 기운이 주변을 감쌌고 얼마 안 되어 그들은 자리를 떠났다. 점심시간 동안 무려 다섯 차례

나 그런 일이 있었다.

이후로 아무도 찾지 않았다. 이 모든 것이 '여우별'의 예전으로 돌아간 것만 같았다. 손님이 찾지 않아 고요한 가게 안도 마찬가지고 의욕 없이 가만히 앉아 시간만 때우는 제호 자신도 마찬가지였다. 과거의 모습과 하나도 바뀐 게 없었다. 아르바이트생 세아가 '여우별'에 들어와 함께 일했던 짧은 시간이 꿈처럼 느껴질 정도였다. 그때의 활기차고 밝은 분위기가 이 공간에 존재했다는 사실 자체가 믿기지 않았다.

어느덧 4시가 되었다. 저 멀리서 익숙한 목소리가 들렸다. 얼마 뒤, 삼총사가 창밖에 나타났다. 그들은 활짝 열린 가게를 보며 깜짝 놀랐다. 사실, 삼총사는 문이 닫혀 있던 내내 이곳을 찾았다. 이번에도 문이 굳게 닫혀 있을 것이라 생각하면서도 일말의 가능성을 갖고 온 것이다.

"드디어 열었네요?"

"떡볶이 3인분이요."

"그래, 여기가 딱이야."

삼총사는 들어오자마자 가게 안 가득 시끄럽게 떠들며 자연스레 테이블에 앉았다. 제호는 그들이 무척 신기했다. 도대체 이곳이 그들에겐 어떤 공간이기에 매일 찾는 것일까. 심지어 떡

볶이 맛도 별로인데 말이다. 이번에 있었던 휴무를 계기로 더
이상 안 찾을 거라 예상했었다. 그래서 더욱 놀랐고 신기했다.
그 덕분인지 전에도 갖고 있던 궁금증이 오늘따라 가슴속에서
더욱 크게 번졌다. 한창 시끄럽게 떠들고 있는 삼총사 곁으로
살며시 다가갔다.

"애들아."

"네?"

"너희는 왜 매일 이곳을 찾는 거야? 좀만 더 들어가면 훨씬
크고 유명한 분식집 있잖아. 거기 유명 프랜차이즈라며. 너희
또래 애들은 거의 다 그곳에 가던데. 너희는 왜 거길 안 가고 여
길 오는 거야?"

"저희는 여기가 좋아요. 아늑하잖아요. 거긴 너무 크고 화려
해요. 저희는 이런 곳이 더 좋아요. 그치?"

"응. 저흰 서점도 동네 서점 위주로 가요. '여우별'이나 동네
서점 같은 곳에 가면 특유의 편안한 분위기가 있거든요. 꼭 대
단하고 멋져야 좋은 것만은 아니잖아요."

삼총사의 이야기를 들은 제호가 잠시 멍하니 서 있었다.

제호는 떡볶이를 담은 그릇을 삼총사 테이블 위에 올려 두
고 천천히 가게를 빠져나왔다. 기지개를 켜며 안을 봤다. 삼총

사는 떡볶이를 한 입 베어 먹더니 내려두고 수다 삼매경에 빠졌다. 제호는 그들의 모습에 피식 웃었다.

오랜만에 건물 옥상에 올라갔다. 하늘을 올려다봤을 때 여전히 안개가 자욱했다. 도대체 언제쯤 저 안개가 걷힐까. 일기 예보에 의하면 오늘 저녁에 구름이 섣히고 내일이 되면 맑아질 것이라 했다. 과연 정말 그럴까.

담배를 입에 물고 불을 붙였다. 담배 연기가 피어오름과 함께 진우와의 술자리가 머릿속에 떠올랐다. 잔뜩 취해 쓸데없는 얘기들만 한가득한 것 같아 마음이 안 좋았다. 자신이 한 말들은 정확히 떠오르진 않았지만 진우에게 들은 얘기는 비교적 선명하게 떠올랐다. 그가 '마지막으로 보낸 편지'를 읽고 삶의 태도가 바뀌었다는 것도, 그것에 대한 보답으로 '여우별'을 맡겼다는 것도. 그리고 세아를 데리고 오자는 것도.

"그럼 그 친굴 데리고 와야지 뭐. 왕 모시듯."

왜 그 대사에서 생각이 멈췄는지는 전혀 알 수 없었다. 진우에게 들은 많고 많은 말들 중 이 한 마디가 가슴에 콱 박혀버렸다. 담배를 피우고 있는 내내 별거 아닌 이 한 마디 말로 머릿속이 복잡했다. 그리고 잠시 고민하다 빠르게 결정지었다.

'그래, 내가 직접 찾아가 보자.'

제호는 반쯤 남은 담배를 바닥에 휙 던지고 발로 비벼 껐다.

29

버스를 타고 가는 내내 마음이 이상했다. 왜 이렇게까지 하는 건지 정확히 이해할 수 없었다. 그만큼 가게가 잘 되길 바라는 건지 자신의 마음도 헷갈렸다. 현재의 '여우별' 분위기와 매출이 예전의 것과 똑같아 차라리 편하다고 생각하면서도, 가게 문을 닫고 세아를 찾으려 출발했다.

문득 이런 생각이 들었다. 요즘 들어 버스와 지하철을 많이 탔다고. 매일 가게와 집만 걸어 다니던 그였기에 더욱 낯설었다. 수미를 만날 때를 제외하면 똑같은 동선으로 똑같이 움직였고 똑같은 감정을 느끼곤 했다. 그런 생활을 오랜 시간 지속해 왔던 것이다. 그리고 그런 삶에 완전히 적응하며 살았다. 무료할 정도로 똑같은 패턴의 일상이 오히려 자신을 살아가게 만든 원동력이라고 그는 생각해왔다.

그런 제호였기에 최근 한 달 동안의 수많은 변화들은 조금 신기했다. 좋은 일들과 나쁜 일들이 짧은 시간 교차해서 찾아왔다. 그 시작이 세아였던 것 같다. 가게에 활기가 돌았고 새로운 시도를 하면서 손님이 늘었다. 그것만으로도 과거와 엄청난 차이를 만들었다. 때론 불편했다. 지금도 다시 찾아온 적막을 더 편하게 느낀다. 그럼에도 그때의 변화를 다시 찾으러 가고 있는 것이다.

옥상에서 담배를 피우다 결심했다. 그리고 곧장 휴대폰을 꺼내 세아가 제일 처음 보낸 문자를 봤다. 워낙 주고받은 게 없어 금방 찾을 수 있었다. 회식 자리에서 말한 개인 정보들을 적어 보낸 것이다. 이름과 나이, 사는 곳과 계좌 번호를 적어 보냈다. 첫 월급을 줄 때 이후로 오랜만에 다시 봤다. 그녀는 본인 이야기를 서슴없이 하는 평소 성격대로 자신이 사는 곳을 아주 자세하게 작성했다. 그 덕분에 목적지를 빠르게 정할 수 있었다.

원래 사는 곳을 이렇게 자세히 적는 건가 제호는 궁금했다. 아르바이트생을 처음 받은 탓에 모르는 것이 아주 많았다. 처음 세아와 회식하던 당시가 떠올랐다. 무슨 대화를 해야 할지 몰라 전전긍긍하던 자신의 모습에 피식 웃음이 나왔다. 사실 이것은 단순히 사장으로서 아르바이트생을 어떻게 대해야 할지 모르는 것도 있었겠지만 워낙 사회성이 부족해 어려운 것도 있었다.

다시 그때로 돌아간대도 비슷할 것 같지만 분명한 건 제호에겐 무척 신선하고 재미난 경험이었다.

사실, 세아를 다시 데리고 오는 것이 중요한 건지 알 수 없는 일이다. 처음 아르바이트생을 모집한 이유가 가게 확장에 있었고, 확장하기 전에 미리 일을 익히기 위해 조금 일찍 받았던 것이다. 하지만 최근 진우에게서 가게 확장을 하지 않겠다는 이야기를 들었다. 결국, 아르바이트생이 필요가 없어졌다. 그럼에도 제호는 세아와 함께 하길 원하고 있다. 진우 역시 그런 사실을 잘 알고 있었고 계획이 철회되었음에도 그녀와 함께 하는 것에 찬성하였다.

어느덧 목적지에 도착했다. 안개가 짙게 깔린 하늘이 조금씩 어두워졌다. 출발한 지 벌써 1시간 가까이 흘렀으니 당연했다. 이 거리를 매일 다녔다고 생각하니 세아가 새삼 놀라웠다. 그리고 왜 굳이 멀리 있는 '여우별'까지 아르바이트를 하러 온 것인지 궁금했다. 아마 조건이 좋다고 생각했을지 모른다. 그 조건이란 것이 급여도 있겠지만 무엇보다 자신이 마음껏 능력을 발휘하며 일할 수 있는 환경도 포함되었을 것이다. 세아의 성격이라면 그런 면이 남들보다 꽤 중요했을 테다. 과거 직접 그런 말을 한 적이 있어 잘 알았다.

"전에 일하던 곳에선 사장님이 하나부터 열까지 다 관여해서 힘들었어요. 근데 이곳에선 제가 만든 소스도 사용하고 회의도 하자고 하면 응해 주시고 그래서 좋아요."

지도 앱을 보며 천천히 걷다 보니 세아가 살고 있는 빌라 앞에 도착했다. 휴대폰을 주머니에 넣으며 앞을 봤다. 제호가 살고 있는 빌라와 비슷했다. 안으로 들어가 바로 앞에 있는 101호의 초인종을 눌렀다. 한참을 기다려도 문이 열리지 않았다. 다시 초인종을 눌렀다. 이번에도 마찬가지였다. 아무리 기다려도 사람이 나오질 않았다. 어쩔 수 없었다. 한발 물러나기로 결정하고 건물 밖으로 다시 나왔다.

경찰이 잠복근무하듯 가만히 서서 마냥 기다렸다. 어차피 이곳이 집이니 언젠가는 돌아오겠지. 가족과 같이 사는 것이라면 더욱 빠르게 찾을 수 있을 것이다. 가족들 중 아무나 집에 들어간다면 그때 다시 초인종을 눌러도 될 테니까. 그렇게 생각하며 멀찍이 서서 101호 문을 바라봤다.

그렇게 30여 분이 지났다. 혹시 잘못 찾아온 것은 아닌지 의심스러웠다. 102호에 가서 한 번 물어볼까 고민했다. 잘못 찾아온 것일 수도 있고 가족이 단체로 여행을 간 것일 수도 있으니 앞집에 물어보는 것도 나쁘지 않은 판단일 것이다. 가만히 기다리고 있는 것보단 움직이는 편이 지금 상황에선 더 효율적일 테니까. 팔짱을 끼고 있던 팔을 풀고 빌라를 향해 걸음을 뗐다.

그때였다. 101호 문이 살며시 열렸다. 제호가 걸음을 멈추고 가만히 바라봤다. 그러자 101호 현관문이 살짝 열린 상태로 멈췄고 그곳을 통해 누군가 고개를 살짝 내밀어 앞을 살폈다. 분명했다. 그것은 세아였다. 세아는 문 앞에 아무도 없는 것을 확인하고는 빠르게 나왔다. 그녀의 손엔 쓰레기봉투가 들려 있었다. 쓰레기봉투를 버리러 건물 밖으로 허겁지겁 뛰어 나오던 그녀가 제호를 발견하고는 그대로 굳어버렸다. 그렇게 두 사람은 가만히 서로를 바라봤다. 고요한 둘 사이를 꼬마 아이들이 소리치며 달려갔다.

"잘 있었어?"

"네…."

"어디 가서 얘기 좀 나눌까?"

두 사람은 근처에 있는 작은 공원에 도착했다. 가장 먼저 보이는 벤치에 나란히 앉았다. 산책 나온 몇몇 인근 주민들이 보였다. 대부분 저녁 먹고 소화시킬 겸 나온 가족이나 연인들이었다.

"죄송해요. 원래 이러지 않는데…."

"알아. 그럴 애 아니란 거. 그래서 걱정된 거야. 무슨 일 있었어?"

"하….."

세아가 한숨을 푹 쉬더니 잠시 뜸을 들였다. 그녀는 잠시 고민하다 다시 입을 열었다.

"실은 저희 집이 빚이 좀 있어요. 몇 년 전에 아빠가 하던 사업이 망해서….."

처음 듣는 얘기에 제호가 움찔했다.

"그래서 숨어 지내듯 살고 있었거든요. 그랬는데 어떻게 알았는지 채권자들이 집에 찾아왔어요."

"그날 이후로 출근하지 못한 거구나."

"죄송해요. 그래도 나갔어야 했는데. 너무 놀라고 무서워서 그만….."

"이해한다. 그럴 수 있지. 그럼 이젠 어떻게 되는 거야?"

"저도 잘 모르겠어요. 그냥….."

세아가 말끝을 흐렸다. 뭔가 이야기하려다 멈추자 제호가 가만히 기다렸다.

"조금이라도 보탬이 될까 싶어서 제가 갖고 있는 악기들을 다 팔았어요. 관련 책들도요."

"악기를? 꿈이 뮤지션이라며?"

"네….. 근데 이젠 포기해야 할 것 같아요."

"뭐? 꿈을 포기한다고?"

"지금은 꿈같은 거 꿀 형편이 아닌 것 같아서요⋯."

이 순간 제호는 무슨 말을 해야 할지 알 수 없었다. 다른 사람도 아닌 세아에게서 이런 말을 듣게 될 줄은 전혀 상상도 못했다.

"사실⋯. 제가 한쪽 귀가 안 들리거든요."

"어? 귀가 안 들려?"

"네. 어릴 때 크게 열병을 앓았거든요. 그 이후로 한 쪽 귀가 안 들려요."

제호는 세아의 유독 큰 목소리와 관련된 이야기를 이번에 처음 들었다. 순간 큰 목소리가 마음에 들지 않았던 과거의 자신이 떠올랐다. 아랫입술을 살며시 물었다 뗐다.

"전혀 몰랐어. 그런데도 음악을 했다고?"

"저한텐 전혀 장애가 아니라고 생각했거든요. 근데 음악을 할 운명이 아닌가 보다 이런 생각이 들어요, 이제."

"⋯."

둘 사이에 적막이 흘렀다. 오로지 공원을 도는 사람들의 말소리만 둘 사이를 채웠다. 적막을 깬 것은 세아였다. 그녀는 작심한 듯 말을 시작했다.

"예전에는 앞에 있는 시련이 시련이라고 생각 안 했어요. 당연히 넘어가야 할 과정이라고 생각했어요. 하, 어쩌면 그건 제 착각이었던 것 같아요. 그것은 자동차 브레이크 같은 거였어요. 있는 힘껏 밟고 멈춰야 하는 브레이크요. 그리고 꿈 따윈 머릿속에서 지우고 현실을 살아야 하는 거였어요. 지금이 딱 그런 타이밍이지 않을까 싶어요."

"… 세아야."

"네?"

세아가 자신의 이름을 다정하게 부르는 제호를 깜짝 놀라며 쳐다봤다.

"음…. 잘은 모르겠지만 넌 내가 본 사람들 중에 가장 밝은 아이야. 꿈도 희망도 넘쳐 보였고 절대 쉽게 넘어지지 않을 아이로 보였어."

"…."

"알아 나도. 지금 무척 힘들다는 것을. 그래서 쉽게 뭐라 말은 못하겠어. 나 역시 꿈만 좇다 지금 이 모양 이 꼴이 되었으니. 그렇기 때문에 잘 생각했다, 여기서 멈춰라, 괜히 고생한다. 이렇게 말하는 편이 오히려 더 쉬워. 그런데… 너한테는 그렇게 말하고 싶지 않아."

"… 사장님은 지금의 삶에 만족하세요?"

"… 아니. 꿈꾸던 삶의 반의반도 못 이뤘어. 근데, 오히려 그래서 너에게 더 말할 수 있을 것 같기도 해. 네가 하고 싶은 것이 있다면 그것을 꾸준히 하라고. 누구는 그러겠지. 현실적인 이야기를 해라, 헛된 희망 부추기지 말라. 근데 또 나 같은 사람도 있어야지. 죄다 현실이라는 포장으로 부정적이고 어두운 이야기를 하잖아. 근데 이 세상에 꿈을 포기하게 만드는 어른들만 있으면 안 된다고 생각해. 적어도 너한테는 그런 어른이고 싶지 않다. 왜냐하면…."

"…."

"너 덕분에 과거의 열정을 깨달았거든. 사실 너를 보고 있으면 과거의 나를 보는 것 같아. 대단한 미래를 꿈꾸며 하루하루를 살아가던 그때의 나 말이야. 너에게서 그런 내 모습을 볼 때마다 현실이 그렇게 쉬운 게 아니라고 말해주고 싶었어. 그러다 꾹 눌러 담았지. 근데 어느 순간, 예전의 나를 되찾고 싶더라고. 어른이란 이유로 너에게 충고를 해주고 싶었는데 오히려 너를 통해 과거의 내 모습을 깨달았어."

"…."

"네가 지난번에 삼총사 애들한테 그렇게 말했잖아. 하고 싶은 것을 찾는 게 아니라 되고 싶은 사람을 꿈꾸라고. 넌 되고 싶은 것이 있지, 그리고 그것을 음악으로 이루고 싶은 거고. 분명 넌 네가 원하는 그런 사람이 될 수 있을 거야. 시간이 지나 다른 꿈이 혹시 생기더라도 일단, 지금의 그 꿈을 포기하진 말았으면 좋겠어. 혹여나 그 꿈을 이루지 못하더라도 분명 넌 그 안에서 작은 행복을 찾을 수 있는 사람이니까. 하고 싶은 것을 이루진 못하더라도 되고 싶은 사람만큼은 이룰 수 있는 사람이니까. 나와 다르게 말이야."

"… 감사합니다."

세아의 두 눈에 눈물이 맺혔다. 제호는 속에 있는 얘기를 다 토해 놓고 나자 최면에서 깬 듯 갑자기 쑥스러워졌다. 괜히 뒤통수를 긁적이며 주변을 살폈다. 그새 날은 어두워졌고 산책하던 사람들도 많이 줄어들었다. 제호가 슬슬 자리에서 일어날 채비를 했다.

"저기, 잠시만 기다려 주세요."

제호의 마음을 읽은 세아가 다급히 멈춰 세웠다.

"왜?"

"잠시만요."

세아가 자리에서 벌떡 일어나더니 어딘가로 달려갔다. 5분 뒤, 사라졌던 세아가 돌아왔다. 그녀의 손엔 통기타가 들려 있었다.

"악기 다 팔았다며?"

"이건 차마 못 팔겠더라고요. 아빠가 처음 선물해 주신 기타라서…."

"그랬구나. 근데 이건 왜?"

"음, 감사의 선물로 노래 한 곡 해드리고 싶어서요. 얼마 전에 제가 직접 만든 노래예요."

"노래를? 제목이 뭔데?"

제호는 역시 세아답다 생각하며 피식 웃었다.

"제목은…. 별을 찾아서."

세아가 목을 가다듬고는 천천히 기타를 쳤다. 부드러운 선율이 귀에 닿았다. 전주에 빠져들 때 즈음 그녀의 아름다운 목소리가 튀어나왔다.

눈앞엔 오로지 안개만이 자욱하네

가야 할 곳이 어디인지 보이지 않을 정도로

과거의 난 안 그랬는데

눈부신 미래만 보였었는데

짙어지는 안개에 방황하며 아랫입술만 질끈 물어

무심히 늘어나는 숫자만큼 후회가 켜켜이 쌓여만 가

어쩌면 이런 게 인생일까

미리 알았다면 어땠을까

하늘을 올려보며 별을 찾지만 보이지 않아

자유롭게 움직이는 구름만 부러운 눈으로 볼 뿐

어디든 갈 줄 알았던 과거의 내가 떠올라

지금은 방황하며 가만히 서 있을 뿐

서 있는 곳이 어딘지도 모르는 신세야

언제쯤 찾을 수 있을까 반짝이는 별을

점점 그 희망도 사라져 가

어쩌면 이런 게 인생일까

미리 알았다면 어땠을까

과거와 미래가 만든 지금의 나

이제야 조금씩 깨달아 가

꿈이란 건 가슴으로 품었을 때 가장 빛난다는 걸

꿈을 좇아 달리는 내가 진짜 별이라는 걸

노래를 끝마친 세아의 두 눈이 반짝반짝 빛났다. 제호는 자신이 밤낮으로 찾아 헤매던 그 별을 본 것만 같았다.

30

제호가 컴퓨터 앞에 앉아 키보드를 빠르게 두드렸다. 그러자 하얀 바탕의 문서 프로그램에 글씨가 연이어 써졌다. 벌써 1년 넘게 붙잡고 있는 작품이다. 지금까지 머리를 쥐어짜고 엉덩이에 땀띠가 나게 앉아 있어도 잘 써지지 않던 글이 요즘 들어 잘 써졌다. 분명 다시 확인했을 땐 마음에 들지 않는 부분이 꽤 많겠지만 적어도 글을 쓸 수 있다는 것에 기뻤다.

한 가지 확실한 점이 있었다. 모니터 앞에 앉아 있는 순간이 즐겁다는 사실이다. 그전엔 컴퓨터 앞에 앉아있는 것만으로도 부담감이 어깨를 짓눌렀고 머릿속이 새하얘졌다. 하지만 더 이상 그러지 않았다. 예전처럼 소설을 쓰는 이 순간이 무척 행복하기 때문이다.

어느덧 오늘 쓸 분량을 다 마쳤다. 매일 정해진 분량을 꾸준하게 썼다. 일요일인 오늘 수미를 만나기 전 빠르게 할 것을 마치자 마음이 편해졌다. 보통은 퇴근하고 돌아와 저녁에 쓰지만 일요일만큼은 아침에 할당량을 채우기로 했다. 그러기를 벌써 일주일이 되었다. 만족스러운 시간이었다.

문서 프로그램을 닫고 컴퓨터를 껐다. 고개를 돌려 컴퓨터 옆에 세워져 있는 탁상 달력을 봤다. 그 뒤로 얼마 전에 아내에게 받은 다음 연도 탁상 달력이 서 있었다. 번갈아 보다가 둘의 위치를 바꿨다. 다음 연도 달력이지만 맨 앞은 올해 12월이다. 아직 12월이 되려면 시간이 남았지만 새로운 달력의 12월이 앞에 보이게 세웠다. 달력에 필요한 것들을 적었다. 매주 월, 수, 금은 병원을 찾는 것으로, 일요일은 수미를 만나는 것으로 12월의 네모 칸을 채웠다.

달력을 한참 보던 제호가 책상 위에 있는 휴대폰을 들었다. 잠시 망설이다 전화를 걸었다. 딸 수미였다.

"여보세요."

"응, 수미야. 준비 다 했어?"

"어. 이따가 거기서 보는 거지?"

"응, 매주 보던 곳. 근데 말이야….."

"왜?"

"혹시 오늘, 엄마도 함께 할 수 있는지 물어봐 줄 수 있어? 안 그래도 며칠 전에 엄마한테 말해두긴 했거든….."

"엄마도?"

"응. 그냥 물어만 봐줘."

"알았어, 그럴게."

"그래, 고마워. 아, 맞다. 그리고… 내일 학교 가면 학부모 초청 특강하겠다고 선생님께 말씀드려줘."

"학부모 초청 특강? 응….."

"아, 만나서 다시 얘기할게. 그럼 이따가 보자."

제호는 설렘과 걱정이 뒤섞인 옅은 미소를 지으며 전화를 끊었다. 가만히 앉아 이런저런 생각을 거듭하다 외출 준비를 위해 자리에서 천천히 일어났다.

금방 준비를 마치고 집을 빠져나왔다. 문을 닫자 드르륵 소리를 내며 자동으로 문이 잠겼다. 문고리를 습관적으로 한차례 당기며 잘 잠겼는지 확인하고는 계단에 발을 디뎠다. 그 순간 제호가 움찔하더니 곧바로 걸음을 멈췄다. 뭔가를 감지한 제호가 몸을 돌려 좁은 3층 복도를 봤다. 센서등에서 나오는 빛이 바닥을 때리고 있었다. 그리고 얼마 뒤 빛이 사라졌다. 빠르게 계단을 올라 복도 중앙에 섰다. 그러자 또다시 센서등에서 빛이 나왔다. 언제 고쳤는지 센서등이 작동한 것이다. 가만히 센서등을 올려다보던 제호가 계단을 따라 내려갔다.

건물 밖으로 나와 가게를 향해 천천히 걸었다. 일요일이라 '여우별'은 휴무일이지만 수미를 만나러 가기 전 한 번 들르기로 했다. 전날 저녁 급히 문을 닫아야 하는 상황이 생겨 설거지를 못했기 때문이다. 아침에 눈을 떴을 때부터 가게에 들러 청소와 설거지를 마치고 수미를 만나겠다는 계획을 세웠다. 예전 같으면 월요일에 하면 된다는 마음으로 그냥 두었겠지만 그러고 싶지 않았다.

어느덧 상점가 골목 초입에 다다랐다. 완전히 붉게 물든 단풍나무가 그를 가장 먼저 맞아주었다. 그 앞으로 몇몇 사람들이 둥글게 서 있었다. 단풍나무를 구경하고 있는 건가 싶었지만 노랫소리로 금방 알아차렸다. 나무 아래서 버스킹을 하고 있다는 사실을. 얼른 관객들 사이로 가 섰다. 제호가 입가에 흐뭇한 미소를 지었다. 버스킹을 하고 있는 사람은 세아였다. 그녀는 관객 앞에서 통기타를 치며 마음껏 자신의 노래를 부르다 제호를 발견했다. 그녀 역시 반가운 미소를 지어 보였다.

제호가 코를 찡긋하며 잘 보고 있음을 표시하자 세아는 더욱 힘을 내서 노래를 불렀다. 제호는 세아와 관객들을 차례로 봤다. 모두가 지금 이 순간을 한껏 즐기고 있었다. 그 모습에 힘을 얻은 제호가 몸을 돌려 가게로 향했다. '여우별'을 향해 걸어가는 발걸음이 아주 가벼웠다. 절로 콧노래가 나왔다. 그것은 얼마 전 세아가 불러준 노래이자 지금 그녀가 부르고 있는 노래다.

어느덧 '여우별' 앞에 도착했다. 주머니에서 열쇠를 꺼내 열쇠 구멍에 넣어 돌렸다. 문고리를 잡고 당기자 문이 열렸다. 맑고 고운 풍경 소리가 그를 가장 먼저 맞아주었다. 안으로 들어가던 제호가 순간 멈칫하더니 고개를 들어 하늘을 올려다봤다. 안개가 걷힌 맑고 푸른 하늘 위를 구름이 유유히 떠다녔다. 제호의 입가에 다시 옅은 미소가 피어올랐다. 한참 하늘을 보던 제호가 '여우별' 안으로 들어가며 문을 살며시 닫았다.